古典詩歌研究彙刊

第十二輯

龔鵬程 主編

第 17 冊

李綱詩詞研究

李淑芳（虹叡）著

國家圖書館出版品預行編目資料

李綱詩詞研究／李淑芳（虹叡）著 — 初版 — 新北市：花木蘭
文化出版社，2012〔民101〕
目 4+168 面；17×24 公分
（古典詩歌研究彙刊 第十二輯；第 17 冊）
ISBN 978-986-254-913-1（精裝）

1.（宋）李綱 2. 宋詩 3. 宋詞 4. 詩評 5. 詞論
820.91   101014515

ISBN-978-986-254-913-1

古典詩歌研究彙刊
第十二輯　第十七冊　　　　　ISBN：978-986-254-913-1

李綱詩詞研究

作　　者　李淑芳（虹叡）
主　　編　龔鵬程
總 編 輯　杜潔祥
出　　版　花木蘭文化出版社
發 行 所　花木蘭文化出版社
發 行 人　高小娟
聯絡地址　新北市永和區中正路五九五號七樓
　　　　　電話：02-2923-1455／傳真：02-2923-1452
網　　址　http://www.huamulan.tw 信箱 sut81518@gmail.com
印　　刷　普羅文化出版廣告事業
初　　版　2012 年 9 月
定　　價　第十二輯 24 冊（精裝）新台幣 33,600 元

李綱詩詞研究

李淑芳（虹叡）著

作者簡介

李淑芳（虹叡），高雄師範大學國文研究所博士，現服務於大仁科技大學。博碩士論文著重於宋代文學之研究，醉心於古典詩詞之研析，對古典小說中人物心理及生活美學等議題分析亦頗偏好。任教期間協助校方開發遠距教學教材，屢獲教學績優教材之獎項，並獲教育部通過數位教材認證。

目前投入社區服務相關工作，曾擔任觀昇電視台文史節目主持人，對於文化資產保護及永續環境教育等相關議題，著墨甚深；培力地方社團開發社區資源文創產業，積極融合古典學術涵養於新時代議題中。

提　　要

李綱，北宋末南宋初期之名相，靖康之亂發生後，力主收復北方山河。李綱以軍事家及政治家的身分留名青史，但其詩詞著作及文學表現，亦有不俗之處；本文以李綱的詩詞研究為寫作主軸，在結構部份，採取內容比例二比一（或三比一），章節安排一比一的方式，進行撰寫。

本文著述共分九章，以李綱之生平、交遊及著述，作為基本背景之鋪寫，書中針對李綱詩詞的體裁、內容、風格、特色等，各自表述；最後統整敘明梁谿詩詞藝術的整體表現，並針對李綱其人的文藝思想進行分析，並以詩詞的藝術表現作為實踐的規範。

縱觀李綱一生，對家國杜稷有其沈重的歷史感與責任感，在仕途坎坷、心志不得抒展之時，傾其理想熱情於千餘首詩及五十餘首詞中。其詩作內容包括詠史、諷諭、詠物、詠景、禪言、哲理，及和次古人、酬酢和次、記載生活瑣事等；另以積極、強烈的筆法鑄詞，詞作以愛國思想為其基調，可歸為詠物、情志、旅遊、詠史等四類。

就其詩詞表現而言，李綱詩作表現尚稱平泛；但在詞的表現上，李綱以諫臣心態為之，擺落了詞家束縛，反而呈現出更大的影響及成就。在內容上以歷史人物及戰爭場面為題材，帶動了當代詞壇的風氣；李綱詞風完全以「豪」為主，尚武精神、兵戰題材、英雄主義，充之於絲竹管絃，賦予宋詞全面嶄新的時代意義。

李綱的詩詞，呈現大時代的鮮明脈動，不論是與社會同質的詩或異質的詞，皆可代表澎湃漩渦中的時代產品。

目

次

第一章　緒　論

第一節　命題的提出

　　兩宋朝廷，雖頻受外侮，但在內政上，軍事、財政、司法三種大權集於中央，形成社會的穩定，農業的發展，及工商業的繁榮發達。因此，在富足、承平的生活中，宋文化發出相當耀眼的光芒：文壇上，有歐蘇的古文運動，上承韓愈的古文傳統，下開明代的唐宋文派作家，如茅坤、歸有光，以及清代的桐城派諸家（參見《兩宋文學史・第二章》：吳程本）。詩壇上，自西崑而歐蘇、而黃庭堅及江西詩派，而南宋四家，而遺民詩，無論質與量均可媲美唐代詩壇。在詞壇上，豪放婉約各擅其場，宋人細密的思想、感情，在此得到痛快淋漓的發揮。此外，小說、戲曲、四六文，亦在此時期得到傳統的繼承與創新的發展。

　　如果把兩宋文壇比作是一條舒緩平暢的大河，那麼，南渡初期的文壇，則該是一個激烈澎湃的漩渦了。

　　北宋末年，文壇上出現了脫離現實的傾向，（吳程本《兩宋文學史・第六章》頁 247）。在詩壇上，「黃庭堅那種將詩的藝術形式看得比內容更重要，因而用力於追求技巧的風習，在北宋末年竟形成了一股潮流。由於黃庭堅一些有關詩創作的議論明確指出了在謀篇、造句

和鍊字等方面都有規矩法度可循，容易爲生活圈子比較狹小的文人所仿效，他那套煞費苦心地創造出來，以作爲寫詩的藝術方法，又正適合脫離現實、玩弄文墨的士大夫的口味。」在詞壇上，流行於北宋帝國崩潰前夕的大晟詞風，雖以和諧的音節、嚴謹的結構、疏密的佈局，達到相當程度的藝術成就，但就其思想內容來看，對於現實生活的關懷實在太過狹隘，其政治的感情，也十分地冷淡（參考同上，第五章）。

汴京陷落，神州陸沉，此一慘痛局勢，帶給文人無比巨大的刺痛，文壇精神因之有所振作。在詩壇上，江西詩派的改革者呂本中、陳與義、曾幾，都有大量以愛國思想爲主題的詩歌創作，爲宋詩篇章增添了慷慨激越的光輝；在詞壇上，李綱、張元幹、張孝祥諸人，以豪放悲壯的調子，描寫故國山河之慟，表現強烈的愛國思想，一掃過去綺羅香澤的氣息，和纏綿柔媚的情調，使詞的內容、風格，得到大大的充實和提高（見劉大杰《中國文學發達史·第十七章》）。質言之，此時文風的轉變，是創作態度由率易而轉向嚴肅，作品內容由對自身的關心和注意，轉向對國家人民的關注，風格則由閑適或綺豔而轉向慷慨激昂（參見吳程本第六章）。

王兆鵬先生《宋南渡詞人群體研究·第一章》認爲：李綱在政壇、文壇的雙重中心地位，很近似於中晚唐的宰相詩人李德裕；他以當時崇高的威望，身邊汲引、團結著一批情投意合、聲氣相求的文人志士，作爲政壇的羽翼、文壇的同盟詩友，儼然成爲當時的精神領袖。從李綱的身上，我們可以鮮明地看到時代的精神、文化的脈動，更可以看到傳統中國所孕育出來的儒人風格。

第二節　研究動機與目的

在歷史上，李綱雖以軍事家、政治家的優秀表現，奪得後人好評〔註1〕，但在詩、詞、文方面，李綱亦有不俗的表現。所謂文學是心

〔註1〕個人所收集到三十餘篇大陸方面的期刊論文，大多從歷史學的角度，評論李綱在軍事、政治方面的成就；國內一些歷代名人傳記、

靈的表現，從李綱彪炳的功業中，我們很難看到他真實的面目，但是，
從詩、詞作品裡，則較容易看到詩人因生命歷煉所塑就的想法與觀
念、因生活悲歡所帶來的情感與悸動。

　　在本篇論文之前，歷來對於李綱文學的研究篇章不多。推究原
因，可能是自南宋以來稱論李綱者原就稀少；《四庫提要‧集部、卷
一五六》論李綱云：「徒以喜談佛理，故南宋諸儒不屑稱之」；另一原
因，則可能是李綱本身的著作版本流傳不廣〔註2〕，造成後人對於李
綱的接觸、了解不夠，評析之言因此更少。

　　目前學術界對李綱的研究，主要仍以大陸地區爲主。論述的角
度，主要從歷史的角度出發，對他抗金衛國的志節予以高度的評價，
但對李綱剿盜的事功，則另有「鎮壓農民起義」的負面看法〔註3〕。
在詩詞方面，大陸學者提出的論文，不乏高明的見解，其中張高寬先
生《搴旗拓路手，繼往開來人——論李綱與豪放詞派》，便認爲「在
豪放詞的發展史上，李綱有著挑祖開後的大功。」〔註4〕國內有關之

　　　偉人傳記之類書籍，亦將李綱列爲「名將」或「名相」，鮮有列入「文
　　　學家」者。
〔註2〕《李忠定集選四十四卷本》，《四庫提要‧集部、卷一七四‧別集類
　　　存目一》云：「宋‧李綱撰。……國朝康熙己酉，建寧李榮芳又重刊
　　　之，稱購得三舊本，皆有殘闕，合之乃成完帙，其用力頗勤。梁溪
　　　全集，大抵藏書舊家始有之，世不多見。今行於世者，惟此本，故
　　　附存其目，不沒剞劂之功云。」由此言可以得知，梁谿集之版本流
　　　傳，相當少見。
〔註3〕參考《江漢學報》1963年，第十、十一、十二期，內有八篇文章，
　　　討論李綱「鎮壓農民起義」的評價問題。
〔註4〕大陸地區尚有其他單篇論文，爲個人所未尋獲者。計有 1.〈李綱之
　　　時代與其對國家之功蹟〉，郭毓麟，福建文化，第二卷第十二期，1933
　　　年。2.〈南宋與李綱〉，炯如，重慶，新華日報，1940年，11月8日。
　　　3.〈李綱評傳〉，張熙，福建文化，第一卷第二期，1941年7月。4.
　　　〈李綱的詩和李綱的墓〉，王鐵藩，福建日報，1963年3月3日。5.
　　　〈李綱的病牛〉，卞慧，北京晚報，1963年3月3日。6.〈李綱在廣
　　　西的詩〉，昭明，廣西日報，1963年4月4日。7.〈托物言志，立意
　　　新巧〉，李耕書，陝西日報，1982年8月19日。8.〈托物明志、形
　　　神兼備〉，楊磊，春城晚報，1982年9月1日。9.〈讀李綱梁溪詞〉，

論文，亦著重在李綱志節之讚揚，其他僅見唐圭璋先生〈李綱的詠史詞〉及王煜先生〈李綱思想研究〉。故知目前對於李綱文學的研究論文，仍相當地稀少。

自幼及長，家父每每告知：吾家族譜，自南宋李綱始。更緣於個人對詩詞的喜愛，在決定論文研究題目之初，便決定以李綱之詩、或詞為研究對象。後經王師提示，遂決定以詩為主、以詞為輔，作為本篇論文的研究範圍；但在論文的結構方面，則採取內容比例二比一（或三比一），章節安排一比一的方式，進行撰寫。

在研究的過程中，個人發現，李綱是位作品十分豐富的文學家。不僅在詩、詞方面，足供未來學者作更精微的探討，在散文、賦、政論文，乃至於思想義理、史學觀點、經義闡釋方面，都有值得學者深入探究的寶藏。藉由本論文的撰寫，個人期望能夠達到下列三項研究目的：

1. 以李綱的詩詞為研究對象，提昇個人的文學素養，紹述祖德流風。

2. 從詩詞的角度出發，探析李綱在軍事、政治以外的心靈世界；並藉由詩詞的反映，以求對李綱的精神、氣質有更深切的了解。

3. 藉由李綱的詩詞表現，期能將當代文壇的真實面貌真切地呈現出來；並企盼能拋磚引玉，藉此引起學術界、藝文界對李綱文學成就的重視，給予當有的文學地位。

第三節　研究方法

本論文的研究方法，主要依照下列步驟進行：

一、搜集資料：舉凡李綱的個人著述，及前人著述中，論及李綱的文

張高寬，光明日報第三版，1985 年 8 月 27 日。10.〈梁溪詞初論〉，范道濟，黃岡師專學報，1987 年，第二期。11.〈邵武李綱祠〉，福建史志，第二十三期，1988 年。12.〈抗金護宋的民族英雄李綱〉，成亞光，汗血月刊，四卷二號。

集、史傳、方志，以及近人的期刊論文，皆在搜集之列。進行搜
集的同時，同步進行粗略的瀏覽與分類。

二、閱讀原典：詩、詞方面，以精確點讀爲原則，並以內容、風格、
藝術技巧三大目爲分類的準則，貼上不同顏色的標籤；散文及其
他著述，則以閱覽的方式，遇有自述生平、思想、交遊，或創作
者，則摘錄於卡片中。

三、培固基礎能力：多方閱讀詩、詞方面的理論專著，以加強個人的
析賞能力。側重方向有二：1、詩詞的流變史，所閱書籍包括文
學發展史、批評史，及兩宋文學史等。2、詩詞的鑑賞美學，所
閱書籍包括詩、詞的風格學、形態美學，及《唐宋詩舉要》、《唐
宋詞簡釋》等。

四、精讀與評注：對詩、詞再次精讀，並在內容、風格、藝術技巧三
大目下，進行分類箋注。箋注內容包括寫作背景及個人析賞所
得，並將搜集之資料詳細閱讀後，錄入卡片。

五、撰寫：其順序依次爲第二章、第五章、第六章、第三章、第四章、
第七章、第八章、第九章、第一章，參考書目。

　　本論文共分九章，撰寫內容簡述如下：

　　第一章〈緒論〉：說明對此題目的研究動機、目的及方法等。

　　第二章〈李綱之生平、交遊、著述〉：從生平經歷、交遊、著述
三方面著手。生平經歷分爲四時期，從中探討李綱先天秉賦、後天教
養所形成的性格、思想及價值觀。交遊考中，則有政壇羽翼及文壇盟
友之分別，從此交遊考中，可瞭解其人之行事。著述考中，則以提要
的方式，將李綱之著述重作整理，藉以明晰其人之思想、感情。

　　第三章〈梁谿詩的體裁與內容分析〉：針對一千五百三十首詩作，
從創作背景、體裁、內容三方面進行分析。三十八歲流放沙陽及四十
六歲罷相時期，爲李綱主要的兩段流放期，創作背景的分析中，將此
二時期因流放而作的詩作予以歸類分析，比較其異同。在體裁分析
裡，主要以表格量計的方式，得出的結論是李綱擅長七言近體及古體

的創作，五絕的表現則最弱，藉以明瞭其創作傾向。內容分析方面，則依其詩作的內涵，區分為九類，進行析評，藉以探究李綱的創作成就。

第四章〈梁谿詩的風格與特色〉：首節針對李綱的千餘首詩歌，歸析為激昂剴切、悲雄深婉、清遠閑淡、渾和雅麗等四種風格，並且探討其風格之所以產生的心理背景及其特殊性；次節則將其詩歌的四項特色提出，加以說明，並且討論此四特色與當代文潮的互動關係，及其所呈現的意義。

第五章〈梁谿詞的內容分析〉：將其詞作分為詠物、情志、旅遊、詠史等四類，主要以析賞的角度，探討其詞作所反映出來的經歷遭遇，及思想感情。

第六章〈梁谿詞的風格與特色〉：首節歸其詞作，視「憂」、「豪」為其詞作整體的主導風格，「沖淡」、「清峭」則為其從屬風格；次節則就詞作的表現，探討其在詞史發展上的意義，結出下列四項特色：1. 戰爭場面的深刻與壯大，2. 歷史人物的表現，前所未有；3. 宴唱詞主抒胸臆，無浮詞諛語及遊戲文字；4. 花草詞一變婉約為豪唱。

第七章〈梁谿詩詞的藝術表現〉：就構思及修辭技巧兩方面，對梁谿詩詞的藝術表現進行探討。首節著重於立意及謀篇，次節則從鍊字、鍛句、音韻、辭格運用等四方面進行分析。

第八章〈文藝思想及詩詞創作實踐〉：首節以李綱之詩文為研究範疇，探討其人之文藝思想，得知就創作者本身及創作作品而言，有文如其人、養氣、積學，及實用、根定仁義、詩窮而工、重質輕文等論點之提出；次節則就其詩詞的表現，反觀其理論與創作的矛盾與統一，並在創作的心理、過程、方法上，提出綜合式的評量。

第九章〈結論〉：綜合論述本論文的研究心得。

第二章　李綱之生平、交遊、著述

第一節　生平經歷

　　李綱，字天紀，一字伯紀。北宋神宗元豐六年（西元 1083 年），生於秀州華亭（今江蘇省松江縣治）；南宋高宗紹興十年（西元 1140 年），卒於福州（今福建省閩侯縣），年五十八歲。

　　綱祖先為唐宗室。唐時，有祖先為建州刺史，後卒官，因以為家。太平興國五年，徙建州、置邵武軍，故綱為邵武人，即今福建省邵武縣。祖父李賡曾遷至無錫梁溪（今江蘇省吳縣）定居；綱隨父李夔寓居於此，故自號梁溪居士。建炎年間，遷歸邵武；紹興元年，又因避寇遷至長樂（今福建省長樂縣），卜居以終老。

　　今依其年譜所載，整理得其世系如下：

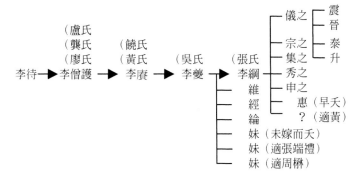

李待，「仕閩，以武力顯，閩亡，退處田野。」（楊時〈李修撰墓誌銘〉）

李僧護、李賡，「隱德不仕，行義爲鄉閭所宗。」（李綸〈李綱行狀〉）

李夔，字斯和（師和）。幼孤，鞠養於外家，舅父黃履甚爲器重，使賦詩、授以書。夔穎悟絕人，登元豐三年進士，居官清廉，曾協助呂惠卿抵抗夏人入寇。生平嗜書，少年有大志而深斂韜養，安於義命，不汲汲於進取。夔與程門四大弟子之一楊時同年登科，相交四十餘年，爲其講學之友。修身、治學甚爲謹嚴，提獎後進，周人急難，甚有美譽。著有文集二十卷，《禮記義》十卷。

吳氏，韓國夫人，故任奉議郎吳桓之女。出身望族大家，「而李公起寒素，夫人事之，盡婦順，能以清約自將，無驕矜氣。」（楊時〈令人吳氏墓誌銘〉）

謙厚的母教、嚴謹沈斂的父教，對李綱一生的行處，自然發生深遠的影響。綜其一生，約可分爲四個時期：

一、二十二歲以前：（徽宗崇寧三年，西元1104年以前）： 未入仕途期。

深受父親薰陶的李綱，喜好讀書，以忠孝仁義之懷，施行政事。楊時〈李修撰墓誌銘〉載曰：「其（夔）教子弟，以孝弟忠信爲本。聞人一善，於父子兄弟間，譽之不容口，退而未嘗不以訓諸子也。」陳瓘〈祭衛公文〉亦曰：「許其爲之嚴父之賢。」綱秉性仁孝（張浚祭李綱文），十九歲時，丁母憂，「凡三年，哀感閭里，手植松柏數十萬。」（李綸〈李綱行狀〉）

「藉甚聲名自少年」（鄭昌齡挽詩）的李綱，幼有大志，舉動必中規矩法度。十四歲，跟隨父親居官延安，夏人入寇，圍城甚急。當時北宋有不成文規定，凡邊城危急，戰事緊張之際，僚屬子弟只要登上城牆，便可以日計功，邀得獎賞。「公獨不從，然時時騎繞城上，

示無所畏，朝廷以言者謂賞濫、報罷、眾以是愧公。」（李綸〈李綱行狀〉）李綱儆敵的勇氣與不隨波逐流的心志可從此中略窺端倪。無怪乎識綱於幼時的陳瓘，每每謂人曰：「李公有子。」（楊希閔〈李忠定公年譜〉三十七歲條）。

　　徽宗崇寧三年，二十二歲，參加國子監生考試，由於行文暢達、思見開拓，主考官吳方慶極為賞識，拔為第一，並於卷上批曰：「此子必能為國了事，權為解首。」（趙效宣《李綱年譜長編》二十二歲條）三弟李經亦以魁選。同年，娶張根（鄱陽人），秘閣修撰贈太師之女為妻。

　　此時期，外有西夏邊寇不時入侵，內有元祐黨人的政爭風波。李綱受到文武兼能、進退有度的父親薰陶，培養了卓越超凡的軍政識見，及「進退出處、士之常也」〔註1〕的人生觀，奠定他一生對自我、對生活、對國家、民族的思考方向。

二、二十二歲～四十三歲（徽宗崇寧三年～宣和七年，西元 1104～1125 年）：文官從政期。

　　在此十二年的仕官生涯中，李綱的官職起落十六次〔註2〕輾轉赴任於眞州、鎮江、秀州、沙陽等地。其中兩次重大落職事件，皆與直言進諫有關。第一次為三十三歲，時任職監察御史、兼權殿中侍御史。此二職實為「天子耳目之官」，凡朝廷政事與百官之邪正，皆可糾其稽違，以成治禮。李綱即以「論內侍建節及宰相任用堂後官從入廟，

〔註1〕見楊時〈李修撰墓誌銘〉：綱得罪遠謫，夔誨之曰：「進退出處，士之常也，汝勉自愛，毋以吾老為念也。」事雖出於李綱中年，但觀夔之從容出處，應對綱之幼年發生影響。

〔註2〕此十六次分別為：二十五歲，補假將仕郎；二十六歲，眞州司法參軍；三十歲，授承務郎；三十三歲，除監察御史、兼權殿中侍御史；同年，除尚書比部員外郎；三十四歲，轉承事郎；三十五歲，差充禮部貢院參詳官；三十六歲，除太常少卿，又除起居郎，又差兼國史編修官；三十七歲，同知貢舉；同年，授承務郎、監南劍州沙縣稅務；三十八歲，復承事郎；三十九歲，磨勘轉宣教郎；四十二歲，除知秀州；四十三歲，除太常少卿。

以笏擊其下。」三事忤觸權貴，罷言職。第二次是三十七歲時，任同知貢舉。當年五月、六月，京師大水，李綱在進呈〈論水災事乞對奏狀〉後，又進了〈論水便宜六事奏狀〉及〈論水事待罪奏狀〉。在乞對奏狀中，有「竊見積水之來，自都城以西，漫爲巨浸……此誠……群臣竭志效力、捐軀報國之秋也；累日以來，傾耳以聽，缺然未聞。」在所論之便宜六事中，字鋒句銳，切中時弊，影響朝內君臣的利益甚鉅，當日旋即罷官，謫貶沙陽。此事一出，「時人皆以公爲鳳鳴朝陽」，以天下之重自任的陳瓘，更修書給李夔：「積誨有自，可以百拜爲壽。」（楊希閔《李忠定公年譜》三十七歲條）仕途雖然遭躓，聲譽卻因此大揚天下。

　　在此之前的李綱，只是個爲政勤廉的小官，雖以「直言敢諫」著稱於朝，但其文筆、思想，尚未成熟圓融，創作亦寥寥可數。貶謫沙陽期間，官輕事少，與鄧肅等一干名士相友善，詩詞書信之酬答，往來頻繁；同時，「征商之餘，得閱藏教留心空門，以洗三十八年之非。此外，頗亦繙經史、弄筆研、聊以自慰。」（〈與許振叔顯謨書〉）道家的無用之美、佛家的「黃花翠竹眞如性、大地山河清淨身」等思想，
〔註3〕在此時漸趨成熟，自成一圓融體系。然而，國事紛亂，儒家思想中的天命觀──先盡人事，人事盡，至於無可奈何，然後可以歸之於天，這種觀念仍然潛藏在其內心深處。因此，對於個人仕退，李綱以恬淡的眼光看待，對於未盡人事的國家朝政，卻不得不以憂患悲憤的心情對待了。此時的心情，一則登臨詠觸，發出「冠冕志已冷、山林興偏長」（〈同叔易季言遊虎丘寺邂逅何得之〉）的幽音；一則又與政壇盟友保持密切的聯繫，討論政事，如〈上王太宰論方寇書〉〈上門下白侍郎書〉，發出「空餘宵漢志、不逐雪霜改」〈次韻陳介然，幽

〔註3〕〈榕木賦〉、〈續遠遊賦〉、〈桃源行〉、〈藥杵臼後賦〉、〈蓮花賦〉、〈三教論〉、〈清湘西山寺無量壽塔〉、〈雷陽與吳元中書〉、〈與秦相公書〉等篇章，及詩〈鄧成彥多病，以詩來問所以治病者，作詩答之〉、〈偶題二首〉、〈蚊〉、〈諸刹以水激磑磨，殊可觀，爲賦此詩〉……等，皆呈現出濃厚的佛、道思想，成爲李綱詩文的特色之一。

蘭翠柏之作〉、「邇來世事不掛心、惟有憂國思猶深」（〈次韻王堯明喜雨古風〉）的虎嘯。

三十九歲，丁父憂三年，政事議論、文筆著述皆銳減；丁憂後的詩詞，對山林、國事，仍抱持著眷戀與關懷的態度。

三、四十三歲〜四十五歲（徽宗宣和七年〜高宗建炎元年，西元 1125〜1127 年）：領袖軍政期。

遼自天祚帝即位，國勢漸衰；遼東北的女眞，自完顏阿骨打即位後，屢敗遼國，國勢大盛，建國號爲金。徽宗宣和二年，密旨童貫與金同盟，相約攻遼；金軍攻遼，戰無不克，宋軍攻遼，則屢戰屢敗；滅遼之後，金遂有與宋互爭雄長之心。宣和七年，金分二路〔註 4〕南下攻宋，宋朝國勢大亂。

李綱丁父憂畢，除知秀州，宣和七年，除太常少卿。値此紛亂之際，徽宗避敵，命皇太子爲開封牧，留守京師。李綱與吳敏商議後，刺臂血上疏云：「名分不正而當大權，稟命則不威，專命則不孝，何以號召天下？」（〈召赴文字庫祗侯引對劄子〉）徽宗聽議，遂禪位欽宗。

欽宗即位，兵事已急。當時朝臣李鄴議割地，白時中、李邦彥議避敵，李綱則堅持「祖宗之地，不可以尺寸與人」及「今日之計，當整飭軍馬，固結民心，相與堅守，以待勤王之師。」〔註 5〕在無人願意衛城、與金相戰的狀況下，李綱受命爲向書右丞，治兵抗金。此時，外有金兵將臨城下，內有庸懦宰執一意攛唆出城避敵，欽宗三次臨行之際，皆被李綱以死邀留。綱一則以「六軍父母妻子皆在都城，願以死守」撫懦主之驚疑，一則以「敢復有言去者斬」戢民心之紛亂。交

〔註 4〕東路由斡離不領軍，由平州入燕京。斡離不爲漢名，其金名爲完顏宗望，一名完顏宗傑。西路由粘罕領軍，自雲中攻太原。粘罕之金名爲完顏宗翰、一名完顏宗幹。

〔註 5〕見《宋史》本傳，及李綱〈召赴文字庫祗侯引寺劄子〉及〈論禦寇用兵劄子〉。

戰數日，宋兵退離卅里，求遣大臣前往議和。宋遣李梲前去，竟然答
應金人索幣千萬、割三鎮、以親王宰相爲質的不合理條件。綱力主不
可。

此時兵力，金不過五、六萬，而宋有二十餘萬，正欲舉事之際，
姚平仲貪功夜襲，功虧一簣；宋遂罷李綱職以結金人之好，後經太學
生陳東上書，力言無罪，結集軍民數十萬爲綱請命，朝廷不得已，復
綱爲尚書右丞。綱一復職，金即退兵，圍城之困終於紓解。

金兵退，李綱出師邀擊，當時追金之軍已至於邢、趙間，朝廷擔
心京城生變〔註6〕，遽令還師，有識之士無不扼腕。待李綱力爭，再
度遣兵時，軍心早已渙散。金兵既走，上下恬然，不憂國事，獨李綱
進呈〈論守禦箚子〉、〈備邊禦敵八事〉等百餘道，而執宰竟以「大臣
專權、浸不可長」（《宋史》本傳）抨擊之，並任李綱爲河東、北宣撫
使，明爲赴太原解圍，實則貶其離京。綱領兵一萬二千人，措置未就，
被迫離京，行抵懷州，接旨「裁軍」，並「速解太原之圍」，所統諸將
直隸朝廷，不受宣撫使節制；行抵太原，又接旨「停止進軍」，聽候
朝廷議和。此時，吳敏、許翰等人罷謫，唐恪、聶山等人進位，以李
綱「專主戰議、喪師費財」（《宋史》本傳），數次貶謫，終謫寧江。
未幾，金兵再至，都城失守，徽欽二帝被俘入北。

靖康二年五月，高宗即位南京，是爲建炎元年。高宗曾以親王身
份入質北方，氣度恢宏鎮定，令金人折服。此時意欲有所作爲，遂納
李綱進呈之十事〔註7〕，拜綱爲相。綱經緯膽識，拜相後，提出一套
審密周全的中興計劃，在內政方面，則誅僭逆、定經制、寬民力、變
士風、通下情、改敝法、招兵買馬、經理財賦；在軍政方面，則戰守
並用，分布要害、繕治城壁，以張所爲河北招撫使、傅亮爲河東經制
副使、宗澤爲東京留守，建立敵後工作。正當國家體勢漸有轉機之際，

〔註6〕所退之兵爲斡離不所領；另一支粘罕所領之金兵，與宋軍苦戰於太
原。朝廷憂慮粘罕來襲、無軍守城，遂有還師之議。

〔註7〕李綱所上十事爲：議國是、議巡幸、議赦令、議僭道、議僞命、議
戰、議守、議本政、議久任、議修德。賜之施行，綱乃受命。

原本覬覦相位的汪伯彥、黃潛善，力盡讒言，張浚又以「杜絕言論、獨擅朝政」疏劾李綱，因其功高可以震主，遂見罷爲觀文殿大學士，廢其一切措施，又再降爲提舉洞霄宮。在相位僅七十五日。陳東、歐陽澈等上書請命，皆被誅。

此短短二年，是李綱生命中最光輝、騰耀的時期。二百餘道奏摺、箚子，正是他爲國爲民的一片丹衷。其「擎天貫日之忠、赴湯蹈火之勇、批亢擣金之智、推心置腹之誠」（李嗣京序）是此亂世浮民所賴所繫者，可惜主懦臣奸的時勢，硬生生地斫滅李綱建功立業的機緣。

四、四十五歲～五十八歲（高宗建炎元年～紹興十年，西元 1127～1140 年）：貶謫流放期。

李綱落職後，兩年四個月間〔註8〕奉旨流離鄂州（今湖北省武昌縣）、澧州（今湖南省澧縣）、單州（今山東省單縣）、萬安（今廣東省萬寧縣）、瓊州（今廣東省瓊山縣），最後歸寓邵武軍泰寧縣（今福建省泰寧縣），投荒萬里，足跡遍及東南中國。

紹興二年（五十歲），重獲任用，剿除荆湖、江湘等地盜匪。局勢安靖以後，綱上言，主張應倚重此地之天然形勢，屯宿重兵，使四川之號令可通，而襄漢之聲援可接，乃有恢復中原之漸。議未及行，諫官以「藩鎭跋扈之漸」奏劾，李綱落職。此年，韓世忠圍建州（今福建省建甌縣），當時強寇范汝爲強剿不下，世忠以爲城中人附賊，欲屠城。綱往見世忠，曰：「建州百姓多無辜。」世忠受教，因此保全建州城。李綱愛民之仁厚居心，可由此略窺一斑。紹興五年，綱五十三歲，再度領兵剿匪，由於兵員寡少，盜賊頻起，綱屢次上書乞撥兵馬，皆不得允。在剿匪策略上，綱一向主張：盜賊，皆吾之赤子；因此李綱招降納叛，收編盜賊馬友、步諒、王進……爲義軍，以爲抗金之用。

此時局勢，自綱去職後，高宗啓程南幸，修復揚州，朝廷內外，

〔註8〕自建炎元年七月落職，至建炎三年十一月歸泰寧，計兩年四個月。

一片言和之聲，主戰之士，或掣肘難動，或悲憤凋零；北方金人立劉豫於北京，國號齊。南北偶有交戰，最終仍在主和派秦檜等人的策劃下，達成協議。綱身處朝外，頻頻上奏，要求鞏固城池，屯駐重兵，因利乘便，收復京畿；在內政方面，又建議六事、進中興至言十篇，希望能強化朝政風氣，增強國家軍力。雖獲高宗詔諭嘉勉，畢竟不得獲用。

值此流離期間，李綱完成了生平幾部重要著述，包括《易傳內外篇》、《論語詳說》、《建炎進退志》、《建炎時政記》等，大量的書信、詩詞、文論，呈現出成熟悲靜的思想風格，其耿耿致陳國事得失的心情，正如〈伏讀三月六日內禪詔書及傳將士牓檄……述懷四首・序〉所言：「慨王室之艱危、憫生靈之塗炭，悼前策之不從，恨姦回之誤國。」儉夫媚子當道，李綱受制群小，明知可以有為，卻無法有所作為，前功盡廢，來患漸深，不免衰憊日甚，歸興日濃。自綱晚年書信看來，其身體健康十分不佳﹝註9﹞；再加上國事憂慮，終於紹興十年（五十八歲）具家饌致祭三弟李經時，撫几號慟，倉卒感疾，當日病逝福州。

李綱在〈與向伯恭龍圖書〉中言道：「幼年術者謂命似東坡，雖文采聲名不足以望之，然得謗譽於意外，渡海得歸，皆略相似。」二人遭際雖似，但其生命之苦難性質，則分別為中國文人挫折壓抑的兩種典型。東坡之苦，是在「獨善其身」與「兼善天下」的抉擇上，難以平衡兼顧，所引起的選擇的苦難，這是個人在審視心靈、體驗人生的過程中，自我與超我的掙扎壓抑。李綱之苦，則為個體與環境時勢的矛盾衝突；文士所應肩荷的歷史使命與社會責任，使李綱堅持以救亡圖存為己任，然而懦人權奸為維一己之安所施加的阻撓，逼迫李綱

﹝註9﹞李綱往來之書信，如〈與李封州致遠書〉、〈與向伯恭龍圖書〉、〈與呂相公別幅〉、〈與呂相公第一書〉、〈與秦相公第一書別幅〉、〈與趙相公第一書〉、〈與趙相公第十三書〉、〈與秦目公第二書〉……等，皆提及所患之疾，包括：重腿腳弱之疾、瘴癘、腰痠、痰眩、健忘、淋疾。

的理想壯圖不得抒展，只得以飄泊流離的方式消磨一生，這是時代環境所鑄就的個人悲劇。以社稷爲心、以生靈爲意的李綱，就是箇中代表人物。

「禍至則膝加、事定則淵墜」（李嗣京・序）是李綱仕途的最佳寫照。分析其顛躓之因，李嗣玄〈宋李忠定公全集序〉云：「公蓋見善明而用心剛者。見善明則貞邪之界分、而小人無以容其奸；用心剛則復仇之志切，而人主無以容其情。」故綱之抱負，一阻於李邦彥、白時中，二阻於黃潛善、汪伯彥，三阻於秦檜。朱熹也認爲，使公之言，用於宣和之初，則都城必無圍迫之憂；用於靖康，則宗國必無顛覆之禍；用於建炎，則中原必不至於淪陷；用於紹興，則旋軫舊京，汎掃陵廟（〈梁溪先生文集序〉）。無奈宋室君臣，受病在和，在旋用旋效、旋效旋逐的狀況下，綱忠誠不少減，不以用舍爲語默的堅毅精神，著實令人佩服。因他而起的時代風雲──「布衣俠烈之士，不識一面，慷慨而甘爲之死。」（李嗣玄・序，言陳東、歐陽澈誅死之事。）亦爲此風起雲湧的時代，留下碧血丹青的一頁。《宋史》本傳評論李綱的赤誠忠心，「若赤子之慕其母，怒呵猶嗷嗷焉挽其裳裾而從之」，觀其一生、品析此言，不禁令人落淚。他是盡忠職守的朝臣，是善用謀略的武將，是當仁不讓的時勢英雄，然而，也是被時勢壓抑、不得一吐抑鬱的平凡人。

第二節　交遊考

群體的互動與往來，常會影響個體的思考模式、行爲規範，及情志表達。在宋室南渡的特殊時代裡，傳統「莫道書生無是處，頭顱擲處血斑斑」的精神教育，使得儒人的自我期許、社會使命，都受到嚴苛的考驗；而個人生命的內在理想抉擇、外在行爲表現，也因此亂世而顯得特別艱難。

宋室南渡所帶來的倉促安定，使一察以自好的眾人無法以一致的視角評議國事；狹小褊窄的地域，更使群體的互動顯得休戚相關。在

這相同的時勢、相似的教養環境裡，位居政壇、文壇雙重中心地位的李綱〔註10〕，自其師長朋儕所受之學術淵源、政治傾向、生活態度，及文學氣習等各方面影響，正是李綱之所以成就爲李綱者。本節擬藉李綱師友之行蹟考述，用以照明李綱其人，以補前節之不足。

　　李綱之父夔，與楊時相交四十年，爲其講學之友，夔綱二人皆列於〈龜山學案〉（見《宋元學案》卷二十五）。楊時（西元1053～1135年），字中立，號龜山，南劍將樂人（今福建省）。是程頤的四大弟子之一，二程卒後，楊時倡道東南，建立閩學。楊時晚年，曾與李綱論性善之旨（見《龜山年譜》八十三歲條），李綱學術中之天人之理、父君觀念、君子小人之修養與事功，其源應出於楊時一派。楊時學問從莊列入手，視世事多不經意，走熟「援而止之而止」一路（見〈龜山學案〉），此種入學方式，影響了李綱的自我超解、及對莊子「無用之美」的看法。

　　另一父執陳瓘，一生扶攜李綱，予以支持，對綱影響更鉅。陳瓘（西元1057～1122年）字瑩中，號了齊、了翁、了堂，南劍沙縣人（今福建省）。瓘與夔同年登科，相好之情如兄弟。綱識之於幼時，三十三歲相遇於姑蘇時，見而有忘年之契。在政治上，瓘曾以狄梁公、李文靖公、王文正公的事業期許李綱（見〈與忠定公書〉）。綱亦以此自許。瓘爲正直之士，曾十數次上言，揭蔡京蔡卞之奸，罷謫後，「海島萬里、不如無子之無憂，江湖一身，彌覺有生之有患」（見陳瓘〈謝謫官表〉）的豁達大度，令綱景仰。李綱貶謫沙陽期間，開始學佛，就教於陳瓘，瓘「志氣不衰，容貌不枯」、「脫去世累、怡然委化而了無芥蒂、恬無疾苦」（〈祭陳瑩中左司文〉），更是綱所景慕的修養境界。

　　在政治生涯中，與綱關係密切者，有宗澤、張浚、李光、吳敏、趙鼎等。

────────────────

〔註10〕參見王兆鵬先生所著之《宋南渡詞人群體研究》，及黃文吉先生之《宋南渡詞人》。王氏明舉李綱爲此時政壇、文壇之雙重領袖，行文脈路亦以李綱爲經。

宗澤（西元 1059～1128 年），字汝霖，婺州義烏人（今浙江省義烏縣）。宗澤歷事三朝，功名不達，高宗時出於李綱的提拔，得以有所作為。靖康年間，金軍圍城時，內有李綱扶持軍政，外有宗澤勤王之師予以支援。南宋建立之初，綱薦六十八歲的宗澤為東京留守兼開封知府，致力於開封的整治，進行戰爭部署，沿河設置重鎮、招撫群盜、訓練兵馬，阻止金兵的南犯，其戰守的策略與李綱悉同，南方局勢得以穩定，綱、澤二人的內外扶持相當重要。

宗澤是個「直辭骸志」（李綱輓宗澤詩）的人，早年守襄陽時，與綱語忠義之事，慷慨憤發，以至流涕。又曾二十八次上書高宗，請求還都汴京，疏不上報。建炎元年，宗澤憂憤成疾。疽發於背，臨終吟杜甫詩「出師未捷身先死，常使英雄淚沾襟」二句，並連呼「渡河！渡河！渡河！」而死，無一語及家事，將士無不流涕。宗澤之死，李綱至為悲憤，有〈哭宗留守汝霖〉詩文，詞意真切，哀感英雄之失路、憂憤國事之難為。宗澤「淪滯空老」、「不二載而憂憤喪軀」的遭遇，與綱相似。而二人在危亡之秋英雄相惜，戮力維持的忠貞，更令後人稱之為「抗金雙傑。」

李光（西元 1078～1159 年），字泰發，越州上虞人。光與綱同為南宋四大名臣。李綱以水災事黜朝時，光亦因士大夫佞諛成風，上書要求改士風、忤權貴，遭罷黜；二人相遇於流離途中，結為知交。光英偉剛毅，錚錚傲骨，百折不屈。紹興八年，秦檜擢光為參加政事，藉以孚眾望；後光斥檜「盜弄國權，懷奸誤國」而遭罷黜；每每言及時事，仍憤切興嘆。

綜觀李光一生，在軍政上主戰守，在內政上奏論朋黨之害、士風之薄，在事功上夷盜賊、抗金人，在仕途上屢用屢黜、進退從容，皆與綱相似。二人之間，書信酬答頗多，李光輓綱之詩曰：「故交惟我在。」亦可說明二人一生交情。

趙鼎（西元 1085～1147 年），字元鎮，解州聞喜人。趙鼎曾為李綱軍幕之屬官，兼具戰友之誼。李綱罷讁期間，趙鼎為相，薦綱為江

南西路安撫使。《朱子語類》言鼎：「曉事、有才，好賢樂善，處置得誼。」呂本中、陳與義、徐俯、朱敦儒，皆得鼎拔擢。

綱鼎二人，在政治上論點一致，在官場上，提攜互進，李綱現存與鼎之書簡二十餘通，皆論議國事，剴切中弊。

吳敏（西元 1089～1132 年）字元中，眞州人。金兵南犯時，京城危急，吳敏引薦李綱，共同扶持太子登位，是爲欽宗。南渡後，敏之言論雖傾向主和，但和李綱始終維持不錯的情誼，頗有書信詩文往來。李綱祭吳敏之詩，對其「曠達」、「精忠」抱持肯定的態度。

張浚（西元 1097～1164 年），字德遠，漢州綿竹人。浚歷仕徽、欽、高、孝四朝，爲主戰派人士。初入政壇，爲黃潛善、汪伯彥等人所引，故與李綱不合；後更因宋齊愈之故〔註11〕，使綱落職。浚之一生，評價來自兩端，因其早年排擠李綱、迫害曲端，防範岳飛，且在三次重大對金戰爭中，指揮失利，造成重大傷害。但其胸懷忠君報國之志，灼然不變，引薦名士如汪應辰、王十朋、劉珙等正面表現，亦不容人忽視。

紹興四年，張浚與李綱相會於福州，嫌隙消除，漸相厚善。張浚罷相，李綱進奏力陳利害：「臣竊見張浚罷相，言者引武帝誅王恢事以爲比；臣恐智謀之士，言和而不談兵；忠義之士，扼腕而無所憤發，將士解體而不用命，州郡望風而無堅城，陛下將誰與立國哉？張浚措置失當，誠有罪矣，然其區區徇國之心，有可矜者，願少寬假，以責來效！」（〈奏陳利害箚子〉）張浚祭李綱之文曰：「……雖屢逸於祠宮，實乃心於王室。每當艱難之際，力陳忠讜之言，慨功名未副於所期……」又：「自嗟於交臂」「浚躡朝路於後，先慕義概於疇昔。」皆表達了張浚後來對李綱的崇慕景仰。綱晚年也頗多書信給張浚，討論進守之計、禦賊之策，令浚感動不已，「促席之言，

〔註11〕金擄徽欽北上，立張邦昌爲僞帝，宋齊愈首爲倡附。李綱視張、宋爲僭逆，斬之。張浚以「私意殺侍從宋齊愈」奏劾李綱；後又以「杜絕言論、獨擅朝政」疏劾李綱，使罷相職。

諄諄在耳，憂國憂君，念念不置」（祭文）。從綱浚二人來往之書信看，二人盡棄前嫌，交誼甚篤，其恢宏的氣度，盡忠國事之用心，皆流露於字句行間。

此外，王以寧、韓世忠、張所、傅亮、岳飛等一時之雋，或直接、或間接，受到李綱的拔擢重用，在仕途上聲氣互為相通。呂頤浩、秦檜二人，其史論評價雖低，但把持朝政甚切，綱晚年曾致書信，哀哀致陳國事之得失，並有詩贈呂，今皆存於《梁溪全集》中。

除了政壇盟友，鄧肅、向子諲等人，更是李綱在生活上、學術上，相與賦懷、縱論天下的至交。

許翰（西元？～1133年），字崧老，拱州襄邑人。其政治立場與李綱、宗澤一致，屢次落職，皆因維護李綱，爭詆黃潛善而起。李綱罷職、陳東將誅，翰上書言曰：「綱忠義奮發，捨之無以佐中興，今罷綱，臣留無益。」「吾與東，皆爭李綱者，東戮東市，吾在廟堂可乎？」（見《宋史》本傳）立身朝中，議論剴切，雖與眾家不合，但正直勇敢、不屈不撓。

李綱與許翰的交往，主在學術方面。其往來書信除議國事外，多為討論易、佛、論語等方面的心得。李綱〈哭許崧老右丞〉，即可看出二人在學術上的情誼：「多聞直諒復疏通，近世交遊少似公，蓋代才名同賈誼，平生述作類揚雄；筆蹤高古今那有，詩調清新老更工，知識年來凋喪盡，不堪灑淚落秋風。」

呂本中（西元1048～1145年），字居仁，壽州人，人稱東萊先生。呂好問之子。本中與秦檜初相得，後檜為相，私有引用，本中斥而去。在學術上，追隨楊時、遊酢、尹焞；建炎年間，領引嶺南詩群，紹興後，又主持閩中詩壇、江西詩壇。綱與本中自幼相期，徽宗宣和年間甚有往來，有關二人之交往情況，今僅見於詩歌數首及書簡、題跋。

葉夢得（西元1077～1148年），字少蘊，蘇州吳縣人（今江蘇省吳縣）。夢得早年得意，靖康之難後，關懷國運、悲切國事。夢得落

職後，與綱往來甚密，二人酬唱和韻之作頗多；景仰淵明、東坡、莊子的心情，與綱甚為相似。其詞作風格承東坡豪放而來，有憤激沈咽者、有隱退高蹈者，相信應與李綱之詞風互有影響。

向子諲（西元 1085～1152 年），字伯恭，今河南開封人。子諲為元幹舅父，早年沈浮宦海，宋室大變後，則糾合義士，力謀恢復。後因忤逆秦檜，賦閒十五年而終。

子諲與綱在政治上相通，由於為李綱所善，遭黃潛善罷斥江淮。二人一生相密，李綱晚年與子諲之書信，包括剿盜策略、國事得失、身體狀況、終身之計及出處情懷，幾乎無所不談。

李彌遜（西元 1089～1153 年），字似之，蘇州吳縣人（今江蘇省吳縣）。綱幼居梁溪（今江蘇省吳縣）時，彌遜為其總角之交。彌遜少年得志，爾後憂心國事以終。在仕場上，主戰反和，極欲有為，勇於建言，人品氣節，為時人所重，可惜權奸當道，彌遜在朝之日少、居山之日多。在生活上亦與綱相通，有「願言卜鄰、同老漁樵」（祭文）之語，二人之間，酬唱頗密。

鄧肅（西元 1091～1132 年），字志宏，南劍州沙陽人。李綱貶居沙陽時，見而奇之，在與陳瓘、許翰等人的書信中，對肅的人品、風儀，推崇備至，二人論為忘年友。

綱肅二人在政治仕途上，一榮俱升、一辱同損。綱罷相，肅奏曰：「綱學雖正而術疏，謀雖深而機淺，固不足以副聖意。惟陛下嘗顧臣曰：『李綱真以身徇國者。』今日罷之，而責詞甚嚴，此臣所以有疑也。……叛臣在朝，政事非矣，兩同無兵，外夷驕矣，李綱於此，亦不可謂無一日之長。」因而去官。

罷官後，與李綱、張元幹、李彌遜、劉子翬、呂本中、王以寧、葉夢得、富直柔等人退居福建，相與賦詩懷古，縱論天下大事。由李綱酬答鄧肅的詩歌來看，其內容包括：肅遭夜盜，綱以詩嘲之、次韻志宏戲興宗耳疾、供筍、遺贈靈芝……，及次韻近百首，二人交誼，的確匪淺。

　　張元幹（西元 1091～紹興年間），字仲宗，長樂人。元幹爲向子諲外甥，陳瓘之得意門生，一生孤忠自許，以陳瓘爲楷模。元幹一生，自傳於詞作〈隴頭泉〉中，「少壯時，壯懷誰與重論」，爾後「轉頭流落」乃至「何妨袖手，且作閒人」的仕宦生涯，皆與李綱禍福與共。

　　李綱衛城時，元幹爲其行營屬官；在政治上，堅決主戰反和。受陳瓘影響，著重氣節，「不屑與奸佞同朝。」李綱、胡銓落職，元幹以氣勢磅礡的〈賀新郎〉送之，表現了他的剛強氣質，因而去職。「寧道不行、不輕去就」的元幹，有著百譎不悔的凜然大義，在祭李綱的詩文中，他也表達了如此的敬慕與讚許。

　　潘良貴（西元 1094～1150 年），字子賤，婺州金華人。良貴亦與向子諲友善，則介清苦，壯老志節守一；呂頤浩爲相時，直斥去官。良貴之學術，淵承龜山一系；二人過往甚密，頗有酬答。

　　從李綱現存之詩文書信看來，其交遊尚有鄧純彥、吳鄧同、陳介然、陸敦禮、張閎道、丹霞本老、羅疇老等人，皆其貶謫沙陽、退居福建時，所相往來的當地名士。

　　在現實生活的提攜扶持，與心靈情趣的投契相容下，李綱以其宰相之尊，廣泛聯絡人才，執當代風氣之牛耳。觀其左右，或以氣節凜人，或以學術鳴人，或以詩詞動人，皆爲當時名雋；而李綱則譬如北辰，眾星拱之，其氣節風範，德行文章，不喻而明。

第三節　著述考

　　出入徽、欽、高三朝、身兼將相權〔註12〕的李綱，雖其生命理想主在建功業於時，但在盡瘁國事、屢遭斥放之際，也只得發抒理想於文筆，娛明心志於詞章了。其豐富的著述，可從三方面敘述：

〔註12〕張元幹輓李綱詩：「望重公師位，身兼將相權，三朝更出入，一德奉周旋。」

第一部份：經學方面

（一）《易傳內篇十卷‧外篇十二卷》

初士甫《李忠定公全集序》：「……著易傳數十卷、惜不傳而僅存七序。」此七篇序文分別爲〈易傳外篇序〉〈易傳內篇序〉〈釋象序〉〈明變序〉〈衍數序〉〈類占上序〉〈類占下序〉，今收錄於《梁谿先生全集》（漢華本）卷一百三十四。

今書雖不傳，但從序文內容可知，內篇十卷包括訓釋、經、繫辭、說卦、序卦、雜卦、總論。外篇十二卷在幾番分合後 [註13]，包括內容應爲釋象七篇、明變一篇、訓辭二篇、類占一篇、衍數一篇等十二卷。

此書著於建炎二年（四十六歲）。李綱對自己的易學造詣頗爲自負，對易的定義、作用、範圍，皆提出了自己的看法。李綸所著之《李綱行狀‧下》言綱：「晚於易尤有所得……其言微妙有深長之味，頗取卦變互體爲說，動有所稽，異於今世君子之所辯釋。」身遭抑鬱流離的李綱，罷相之餘，也藉此「人之窮達壽夭、世之治亂安危，帝王之興衰、君子小人之進退消長，莫不有數存乎其間。」（〈衍數序〉），爲他一身進退仕處的遭遇，作出結論。

（二）《論語詳說》十卷

今不傳。李綸《李綱年譜》載曰：「建炎二年戊申，公年四十六。責授單州團練副使，移萬安軍安置。……時著論語詳說十卷，易傳內篇十卷、外篇十二卷。」在〈海康與許崧老書〉中，李綱自述撰述此書之動機與過程：「《論語》，皆聖賢言行之要，惜乎近世之人以爲童稚所習，而弗深考也。道途間因爲小子講解，謾著其說，頗是正舊訓之失，如井有人焉之井，不施其親之施，凡百餘條。今錄十數章，往以乞鑒裁，或有可取，當今小史以拙筆故楮盡書之，以致幾格也。」

[註13] 李綱〈書寄崧老易傳後〉記載：原初爲訓辭三篇，明變、類占、衍數，合爲一篇。後〈易傳外篇序〉又載訓辭二篇，明變、類占各爲一篇，衍數二篇，共十三卷；稍後，衍數又合爲一篇，共十二卷。

（卷一百一十）。李綸在《李綱行狀‧下》認為此書：「發明聖賢之意甚備。」

第二部份：史學方面

（一）《靖康傳信錄》三卷

今收錄於《梁谿先生全集》卷一百七十一、一百七十二、一百七十三。綱在文末自述此書之創作時地、動機背景：「余自建昌，假道長沙，以赴川峽。適荊南為寇賊所據，道梗少留。時都城復為虜騎攻圍，朝廷不通耗者累月。端憂多暇，探篋中取自上龍飛，余遭遇以來，被受御筆內批及表、箚、章、奏等，命筆吏編次之，因敘其施設、去就、本末，大概若此，庶幾傳信於後世。時靖康二年歲次丁未二月二十五日，長沙漕廳翠藹堂錄。」

李綱在靖康元年十月，時四十四歲，罷謫寧江（今四川夔州府）（楊希閔《李忠定公年譜》四十四歲條。）在赴謫途中遇盜，端憂多暇，遂著此書。書中內容自宋徽宗宣和七年冬，金人敗盟兵分兩道入寇起，至欽宗靖康元年十月，綱貶謫寧江為止。書中以日繫事，概及此一年內之軍政大事，朝野和戰之議，及李綱個人的議事見解。諸中細節，有正史所不及者，足可為此亂世的歷史見證。而其耿耿孤忠，亦可由：「用舍進退者，士之常，此不足道；但國家艱難，宗社危急，扶持天下之勢，轉危為安幾成，而為庸儒讒慝者壞之，為可惜也。」幾句文末告白，得到鮮明的印證。

（二）《建炎進退志‧總敘》

此書成於建炎二年，綱四十六歲。其志自云：「暇日，閱建炎初，備位宰司日記……因取進退之大概，次第而總敘之，與夫制、誥、詔命、書、疏、表箚、總纂附著合為十卷，目之日建炎進退志，庶幾覽者有所考焉。」當時綱得旨落職鄂州居住，抵武昌時，遇江上盜賊紛擾，遂寓居於屬邑之崇陽僧舍，總著此書。

　　總敘四卷，今收錄於《梁谿先生全集》卷一百七十四、一百七十五、一百七十六、一百七十七。記靖康元年秋，綱罷知樞密院事起，至建炎元年八月十八日綱罷爲觀文殿大學士、提舉杭州洞霄宮。敘中詳錄此一時期之軍政大事，並剖析其用兵主戰之見解，而最後遭讒罹謗之源由，一字一句，深刻詳實。

　　（三）《建炎時政記》三卷

　　收錄於《梁谿先生全集》卷一百七十八、一百七十九、一百八十。李綱卷前序曰：「臣綱伏被尚書省箚子省同奉聖旨，（案：即紹興四年四月（註14））令臣省記編錄建炎元年五月一日以後時政記，繕寫成冊，進御以待制詔，頒降史館。」李綱乃以任職宰相期間，「所得聖語、所行政事、賞罰黜陟之大略，著於篇，……繕寫成上下兩冊，冒昧投進。」

　　此書著於李綱五十二歲時。書分三卷，卷上記載建炎元年六月一日至十二日、卷中記六月十三日至六月終、卷下記七月一日至八月十八日之朝政大事。以「某月某日」的日記條例方式，將短短二月又十八天的鉅靡史事、抗爭奮鬥的無力與用心，及自身的進退賞罰，作了詳細的說明。

　　綱又有《奉迎錄》一卷、《宣撫荊廣記》二十卷、《制置江右錄》，今未見其它資料論及之。

第三部份：文學方面

　　（一）賦

　　共四卷，收錄於《梁谿先生全集》卷一～四。共二十三篇。

　　李綱的賦，幾乎篇篇有序。詠物之賦，佔其大要；又有〈擬騷〉、〈續遠遊〉之作，抒發個人不陷濁醉的志節。綱以賦說理、議論、闡

〔註14〕李綸《李綱行狀》：「四年四月得旨，令省記編類建炎元年三月以後時政記。」楊希閔《李忠定公年譜》紹興四年條：「四月有旨，令省記編類建炎元年五月以後時政記。」

佛、遣興，其鋪陳、對偶、聲律之美，頗有可觀。《四庫提要、別集類九》評曰：「綱之賦格，置於唐人之中，可以亂眞矣。」

（二）散文

六十三卷。包括：書、啓、記、序、贊、頌、箴、銘、辭、論、祭文、辭疏、題跋、碑誌。今收錄於《梁谿先生全集》卷一百零八～一百七十。

李綱的筆觸，精煉簡雋。其題材多從平日生活的尋常事物出發，藉而發抒個人深刻的體悟。例和〈種花說〉，藉花事以明天地四時的和諧；〈釣者對〉，明陳進退出處的智慧。書啓碑誌等酬答文章，亦因著力深刻，用情眞摯，使清麗的文筆更見不凡。渾融條暢的筆風，襯佐著李綱潛斂的生命智慧，他對窮達出處的從容自守、對天地四時萬物的寧靜相待、對自我品學的嚴謹自持、對一生遭遇的無悔自矜，處處訴諸筆墨，展現其人的正大光明。

《四庫提要‧別集類九》評曰：「即以其詩文而言，亦雄深雅健，磊落光明，非尋常文士可及。」朱熹〈梁溪先生文集序〉亦曰：「其言正大明白，而纖微曲折，究極事極，絕去凋飾，而變化開闔，卓犖奇偉，前後事變不同，而所守一說，如出於立談指顧之間。」

（三）政論文

七十五卷。包括表本詔書、擬制詔、箚子、奏議、狀，收錄於《梁谿先生全集》卷三十三～卷一百零七〔註15〕。

李綱的政論文，雄渾之外，別見犀利。治兵領軍的策略得失、宜戰宜守不宜和的國勢分析，周全具到，條析縷陳，可見其口才之便給。而其不佞奸、不諂權的儒士風骨，一心周旋、全力扶持的耿耿孤忠，

〔註15〕《四庫提要‧卷五十六‧詔令奏議類存目》載曰：李綱之子秀之，編其表章奏議爲八十卷。後又有六十九卷、附錄九卷本傳世。其附錄卷四所收之制詔表箚，疑即《宋史》所云之《建炎制詔表箚集》。傳統四部分類法依其性質、用途，歸於史部詔令奏議題。今姑因其內容係爲個人思想、議論見解，歸於政論文，置諸文學方面。

更躍然紙間,令人想見。陳俊卿〈梁溪先生文集序〉曰:「觀公之奏議,明白條暢、反覆曲折,其敘成敗利害,灼然如在目前,宜乎感動明主之聽,而亟從之也。」

（四）詩

二十八卷,收錄於《梁谿先生全集》卷五～卷三十二。

（五）詞

清・王鵬運所刻《南宋四名臣詞》收五十首,《全宋詞》收五十四首（含殘詞）。

• 附錄：

目前國內可見李綱之著述，茲臚列其書名全稱、內容、形式、藏地、出版，如表下所示：

書名	內容	形式	藏地	出版	備註
(1)全集					
《梁谿先生集》一百八十卷・附錄六卷	卷前有陳俊卿序、朱熹序，李綱所撰之年譜；總目錄；卷末附有行狀、諡議、祠記、祭文、挽贊。	黃皮、線裝、共四十冊。每頁九行，每行二十字。	台北・史語所・傅斯年圖書館。編號：845.21 161～709 1～40	清道光十四年刊本	
《梁谿先生全集》一百八十卷・附年譜・行狀	卷前有目錄。卷末附有年譜・行狀。		四庫全書本		
《梁谿先生全集》一百八十卷	卷前有昌彼得先生之敘錄、宋承相李忠定公遺像、清江鄂伯寅像贊、陳俊卿序、朱熹序；卷末附錄年譜、行狀、諡議、祠記、祭文、挽贊及陳了翁等人之書文。	墨綠皮、藍封，共十冊。每頁九行，每行十九字。		民國五十八年漢華出版社影印清道光間刊本，昌彼得先生主編宋名家集彙刊。	

			(註16)			
(2) 選集	《李忠定文集》四十四卷本·卷首附錄四卷		卷前包括李嗣京序、左光先序、初土甫序、未熹序、李嗣玄序、未章序、目錄。目錄之凡例，目錄上包括：卷首之一—宋史本傳；卷首之二—目錄。行例：卷一—卷四：行狀；卷十五：奏議；卷一六—卷十：詔、論；卷下包括：卷一—卷十六、書、記、序、雜文、墓誌；	象牙黃色封皮，線裝，共十二冊，每頁十行，每行二十字。	台北·史語所圖書館、登錄斯年年館，登錄號：68401~6412	清乾隆二十七年崇斯堂刊本堂刊

[註16] 此三套一百八十卷之全集，卷內所收之內容目錄如下：

卷數	內容
卷一－卷四	賦，共四卷
卷五－卷三十二	詩，共二十八卷
卷三十三－一百零七	表劄子、詔、議、狀共七十五卷
卷一百零八－一百七十	散文：包括書、啓、序、記、贊、論、題跋、祭文、碑誌，共六十三卷
卷一百七十一－一百七十三	請康傳信錄，共三卷
卷一百七十四－一百七十七	建炎進退志總敍，共四卷
卷一百七十八－一百八十	建炎時政記，共三卷

書名卷數	內容	形式	收藏	版本
卷十七：賦、卷二十一、卷二十二：詩；卷二十三：靖康傳信錄；卷二十六一卷二十九：建炎進退志。				
《李忠定公奏議》六十九卷‧附錄九卷	卷前有：宋丞相李忠定公遺像、清江鄒伯黃像贊、陳俊卿序、朱熹序、目錄。卷內一~六十九卷，皆為奏議；附錄卷一一卷三：靖康傳信錄、卷四一卷六：建炎進退志總敘、卷七一卷九：建炎時政記。	藍色封皮、線裝、共十六冊，每頁十行，每行二十二字。	台北‧史語所‧傅斯年圖書館。登錄號：183460~183482	群碧樓‧嘉靖以前刻本
《李忠定全集選》二十九卷本‧卷首附錄四卷‧卷末附錄十五卷	卷前有朱熹序、先序、李嗣玄序、選例四則。目錄。卷內包括：卷首之一~末史本傳；卷首之二一卷十四：行狀卷一一卷十五：奏議；卷十六：墓誌銘；卷十七一二		台北‧台大‧研究圖書館‧特藏室。編號：261	新刻秘府秘藏本‧清乾隆二十七年崇本堂刊本。

	書名	內容	形式	典藏	版本
	《李忠定公別集》三卷·鄭瓚評點本。	卷前有鄭瓚序。卷內收有:靖康傳信錄、建炎進退志、建炎時政記。十二:賦、詩;卷二十三:卷二十五:靖康傳信錄;卷二十六二十九:建炎進退志;卷末附錄奏議選十五卷。	藍皮、線裝。共四冊(一函)。每頁九行,每行十八字。	台北、史語所、傅斯年圖書館。登錄號:845.2 161～709	明·崇禎刊本。
(3)詩集	《梁溪先生文集》三十八卷·附錄六卷	卷一一卷四:賦、卷五一卷一三:詩;卷三十一三十八:表本詔書、擬制、年譜、祠記、像贊、書跋。卷末附錄:行狀、諡議、祭文、挽詩、書跋。	手鈔本、藍皮。共二十八冊(四函)	台北、台大、研究圖書館·特藏室。編號:402056. 402.51. 022	
	《梁溪集》二卷。	宋·陳思《兩宋名賢小集》,收李綱詩二卷。卷上收詩七十五首、卷下收詩四十二首。			
	《梁溪詩鈔》·卷之一李綱詩》	清·顧先旭所編。錄自東漢起、梁溪地區人物之詩。卷	藍皮、線裝	台北、台大、研究圖書館、烏石文庫。	

				編號：373 90303～14	
	《李綱集》二卷	之一收李綱詩二十五首。			
		《宋元詩會》（四庫本）卷三十四，收李綱詩一卷，共二十四首。			
（4）詞集	《梁溪詞》一卷	清·王鵬運刻《南宋四名臣詞》收李綱詞五十首。	藍皮、線裝。每頁十行，每行二十字。	台北、史語所、傅斯年圖書館。	四印齋所刻本。
	《梁溪集》一卷	《全宋詞》收李綱詞五十四首（包括殘詞）			

第三章　梁谿詩的體裁及內容分析

第一節　創作背景及體裁分析

一、創作分析

　　李綱的詩歌，現存共有一千五百三十首〔註1〕。由趙效宣《李綱年譜長編》之詩歌繫年看來，除四首爲三十七歲以前所作，餘皆三十七歲以後作（見表（一）所示）。

【表一】李綱詩詞及奏摺劄子數量分析

年　齡	詩	詞	奏摺劄子	備　　註
卅七歲前	四	○	五	
三十七歲	一五三	○	二	以論水災事落職
三十八歲	三五七	九	○	流沙陽
三十九歲	一○九	三	○	自沙陽北歸
四十歲	○	○	○	丁父憂
四十一歲	二三	○	○	丁父憂
四十二歲	一四	○	○	丁父憂
四十三歲	八	○	八	除太常少卿

〔註1〕此數字係以四庫本《梁谿先生全集卷五～卷三十二》爲主，漢華本《梁谿先生全集卷五～卷三十二》爲輔，計算而得。

四十四歲	○	○	一九九	衛城主帥
四十五歲	二一	二	五六	爲相、落相
四十六歲	三○八	四	○	流離
四十七歲	一二六	五	○	流離
四十八歲	一六六	六	○	流離
四十九歲	五五	一	○	流離
五十歲	四六	四	六八	任宣撫使、知潭州（負責剿盜）
五十一歲	一七	四	○	剿盜
五十二歲	三七	○	○	剿盜
五十三歲	二九	三	一二	剿盜
五十四歲	二○	四	九九	剿盜、韓世忠敗金人於准陽軍
五十五歲	五	一	六五	剿盜
五十六歲	三一	二	一	剿盜
五十七歲	一	○	四	剿盜
五十八歲	○	○	○	

　　三十七歲以前所作之四首，分別爲〈送士特兄下第之衡湘〉、〈子房〉、〈讀楚元王傳〉、〈謁告迎奉，聞親闈有醴泉之除，不勝慶抃，作詩寄叔易、季言二弟〉，就題材、用典、鍊字、造意等技巧及風格來看，皆達某種程度的成熟，並非初筆所作。故知三十七歲以前的詩歌，散佚尚多，其詩歌之總數量，應爲數更多。

　　由表（一）之資料顯示，可見出各年份詩詞創作之數量，與奏摺箚子成反比〔註2〕。由此可推斷，李綱在不得以文議政時，便以詩詞娛心悅志；例如三十七歲時的一百五十三首詩，便是在六月份以論水災事落職後所作〔註3〕。其他又如三十八歲、四十六歲流離期間，詩歌數量皆高達三百餘首；四十四歲軍政吃緊之際，奏箚數量竟高達兩

〔註2〕詞與奏摺箚子的繫年，亦參考自趙效宣《李綱年譜長編》。要特別說明的是，奏摺箚子的數量，係取自趙氏長編所登錄者；全集中所收錄之其它擬制詔、表、本、書、文，或與秦檜、張浚、吳元中……等人議論國是的文件，本論文暫不列入。

〔註3〕李綱三十七歲的第一首詩〈奉酬胡俊明博士見寄〉，有「載筆螭坳侍九天，謫來山澤作臞仙」句，故知爲貶謫之後所作；此年其他詩作亦多「謫臣」、「江湖散仙」之跡，皆可證明此年詩作皆爲後半年落職期間所作。

百通，詩詞則全無創作。

　　三十八歲及四十六歲，是李綱詩歌創作的主要巔峰期，而此二段流離歲月的作品，又可歸析出以下幾點異同：1. 詠景之作皆多。但前期的吳江五首、江南六詠、道中雜作、遊山四十景等作品，主要是旅途景況、悲憤怨懟、思鄉情懷的表現；後期的梁谿八詠、山居生活、遊山嬉水之作，則著重於借景抒發心靈的安祥澹和、智慧的超越與開拓；天地的圓融，自然的寧靜，在此期的詩中山水裡呈現一股安和的氣氛，有別於前期愁山惡水所帶來的流離悲哀。2. 前期頗多文字遊戲之作，除往返次韻詩多達百餘首外，又頗多〈乘泛碧齋分韻得泛字〉、〈志軼得碧字以詩來次其韻〉、〈讀李白集戲用奴字韻〉，〈再用奴字韻呈幾叟〉等作。後期則有大量和次古人的詩作，如陶淵明的〈停雲〉〈榮木〉〈歸鳥〉等六十餘首；東坡〈月夜理髮〉、王安石〈胡笳十八拍〉等。3. 前期的議論詩，多是藉古史以諷今事，例如〈高祖〉、〈四皓〉、〈讀韓偓詩并記有感〉、〈讀項羽至垓下事〉、〈明妃曲〉、〈金陵懷古〉，藉由歷史事件的闡述，發抒個人對軍事、內政、外交的看法；後期的詩，則多偏向於直析時事，如〈聞官軍破黎賊作兩絕〉、〈投金瀨有感〉、〈聞山東盜破黃州〉、〈伏睹四月五日赦書鑾輿反正二首〉、〈聞長沙軍變，向伯恭能彈治〉等。由此三項論點看來，個人認為李綱在前後兩段的流離期間，其創作情緒有熱烈與寧靜的分別。

　　前期因正直敢言而落職，心中充滿對是非顛倒的氣憤。對山水風景的美惡常因情緒起伏而變，充滿了個人主觀的審美感受。同時，因「敢言」而帶來的反面刺激，此期全無議政論事之作，倒有頗多的詠史作品，用熱辣辣的口氣，對歷史事件進行嚴正的分析。他年輕熱情而外發的生命力量，可從大量的次韻作品得到證明，雖然氣憤、不滿，但其情緒仍然熱烈。後期的情緒，則有明顯的寧靜與安詳，大量的家居生活中，青山白雲與明窗淨几的融合，顯示出李綱心靈與天地相合的成熟。他的情感已由外放轉而內斂，寄託在古人篇章之中，其性格亦由早期的激烈、惟不輕言時事，轉而為客觀、明白，直接而不帶批

判口氣地呈現社會實況，就此三點而觀，可以見出李綱人格與智慧的漸趨成熟。

二、體裁分析

從表（二）的資料看來，可知李綱在詩歌的體裁中，有不同的嘗試與摸索，但其興趣終究集中在古風、律體與七言絕句上。以下擬從各種體裁的分析，進而欣賞李綱的詩歌創作。

【表二】李綱詩歌體裁數量及句數分析

體　　裁	數　量	句數分析				
		4 句	8～16 句	18～40 句	42～58 句	60～200 句
五絕	一三					
七絕	四一三					
五律	一三一					
七律	四七四					
五排	一五		三	一二		
七排	一一		七	四		
五古	二七九	八	一四九	九七		八
七古	一三九	四	六二	六七	一七	一
四言詩	六			四	五	
六言詩	六	六			二	
奇句詩	一			一		
雜言體	一二	四	二	八		
集句詩	二〇		一八	二		
聯句詩	一			一		
樂曲	一	一				
殘詩	八					

說明：李綱詩作並無六句者，故標目由「4 句」之後，直接「8～16句」。五排與七排並無八句者，標目之安排以「八～十六句」為目，係為方便五古與七古之數量歸類。

（一）五言絕句

五言絕句由於句少、字少，變化簡單，很難在文字技巧上見長，專主於意境上見功。因此，在風格上尚安恬雋永，在內容情意上，尚眞切，以質爲美（參見劉熙載《藝概・詩概》）。李綱終其一生，僅有十三首五絕之作，用以詠景、詠物、次韻，並沒有表現出太好的藝術成就。

在〈宿道傍僧舍次蔣穎叔壁間韻〉及〈歸次海康登平仙亭次萊公韻〉二詩中，除句數、平仄之外，又因韻腳的限制，難有廣闊的發揮空間；龐大的空間景色，無法濃縮凝鍊，遂使全詩平淡無奇，〈戲成絕句三首〉，同樣亦因景色的散漫，沒有婉曲迴環、不絕於意的美感。在〈墨戲六首・枯枝〉中，「雖殘栖鳳枝，終抱凌霄節」能針對枯枝的特點，作精神上的發揮，留下餘意，算是五絕中較優之作。

（二）七言絕句

五言句由三頓組成，七言句則多爲四頓，多一個音節也多一個修飾成份，句法變化更爲多樣。施補華《峴傭說詩・第一九二條》云：「五絕、七絕作法略同，而七絕言情出韻較五絕爲易，蓋每句多兩字，故轉折不迫促也。」〔註4〕李綱的七絕有四一三首，僅次於七律；其內容多爲現實生活中的見聞感受。

流離多年的李綱，喜以七絕形式描繪所見景緻，例如遊廬山四十景、江南六詠、道中雜作、七峰詩等系列詩作，及其他大量賞山玩水的單篇之作。「橫看成嶺側成峰，遠近高低各不同」，山水之美惡，原本出自欣賞者的主觀感受，難以一家之言，將景緻說盡。因此，「語近情遙、含吐不露」、「只眼前景、口頭語，而有弦外音、味外味，使人神遠」（沈德潛《樂府指迷》）的七言絕句，應該就是表現此種題材的最佳體裁。

李綱的家居生活，也常表現在七絕作品裡，例如梁谿八詠、春睡、食筍籬、夜坐觀書、春詞；及朋儕間，因物詠唱，往復次韻之作；詠

〔註4〕轉引自周嘯天《唐絕句史・小引》，大陸重慶出版社，一九八七年。

物、言禪之作，亦多七絕。原因即爲，家居生活瑣碎繁雜，若以長篇謀局，則有冗晦之病，七絕短幅，恰好說盡。詠物、言禪之作，也以刪蕪就簡爲其要，說得太盡，有筋浮骨露之病，反而失之疏淺，寥寥二十餘字，簡單乾淨，餘意不盡。例如〈萬杉寺散珠亭〉：「一派飛泉落坐隅，跳波沸石散成珠，道人諦看空濛際，顆顆圓明定有無。」鏡頭由飛泉之大，轉而爲珠圓之小，竟境由觀泉之美，轉而爲哲理之思維，留予讀者思考、想像的空間極大，然而處處不離詩人於萬杉寺散珠亭觀泉的景像，可謂七絕之佳作。

　　五絕與七絕的作法，皆以言盡而意不盡爲尙，但由於句數的限制，在內容及表現手法上，差異較大。反觀古風、律體，由於篇幅的拉長，五言與七言的內容差異，於全篇關係不大，同一內容題材，七言能表現很好者，五言泰半也能。

（三）律詩與排律

　　文之精者爲詩、詩之精者爲律（張夢機《近體詩發丸·第八章》）。在聲律束縛外，律體的章法講究起承轉合、格式要求頷、腹二聯，相對相生。八句之中，「不得有羨餘、亦不得不足，手寫此聯，眼注彼聯，自覺減少不得、增多不得，若可任意增損，則於律之名義，相去遠矣。」（見同上）。

　　從八句律詩發展出來的排律，原稱長律，除首尾二聯不求對偶外，中間諸聯，皆求相對。此種體裁，鋪陳詞藻，幾乎與賦體相同，必須詞華與氣骨，都有絕至的造詣，才能出色，唐以後的詩人集中，此體較少，「恒爲科場應用、自詠情性及詩人酬唱方面」（孫克寬《學詩淺說·第二章》）。要求樸質之美（見〈書四家選後〉及〈素齋箴〉）的李綱，無怪乎只有二十六首排律之作了。

　　李綱的一百三十一首五律、四百七十四首七律，內容較多於行旅途中感懷國事、詠嘆景緻之作，其次則爲題畫、送行、次韻等酬唱之作。其〈象州道中二首〉的第一首：

> 路入春山春路長，穿林渡水意徜徉，溪環石笋橫舟小，
> 風落林花撲面香。山鳥不知興廢恨，嶺雲自覺去來忙，
> 炎荒景物隨時好，何必深悲瘴癘鄉。

首聯點出詩人徜徉春景，頷聯則從視覺、觸覺、嗅覺等感官出發，言人景之相融。腹聯一轉，則託情於景，起江山興廢、人生役勞之嘆，末語總結上文的美景與傷感，從達觀的角度，對世界的美好給予肯定。此種七言律詩，自宋以後大行其道，方東樹《昭昧詹言》云：「世之文士，無人不作詩，無詩不七律。」幾乎成為濫調。李綱七律，雖不免有庸濫之作，但大致仍能講究動靜、大小、古今、虛實的相對，字穩句暢，恰是性格沈穩的李綱拿手之作。

五律與七律相同，「以短篇而須縱橫奇恣、開闔陰陽之勢，而又必起結轉折，章法規矩井然。」（方東樹《昭昧詹言》）李綱有〈宿興寧縣驛二首〉，其一曰：

> 清夜風露冷，月華窗半侵，懷家千里夢，許國一生心。
> 倦鳥投林急，潛魚泳澤深，無人知此意，抱膝自長吟。

此詩有懷家之情，許國之志；有清夜、月華，烘托全境一片寒涼，復以鳥、魚之自然生態，自比詩人之心態，尾聯一結，回歸寂寞基調。章法井然，開闔有序，詩人復以真情灌注，加深了此詩的感人力量。

李綱不是才華橫肆之人，他穩重沈斂的性格，恰好使他能在精密的律式裡，涵泳文思；雖未有輝煌鉅作，以驚世之目，但大致來講，平穩整煉、神情傳合，頗有渾融疏秀之姿。

（四）五言古詩與七言古詩

古體沒有平仄句數、用韻上的限制，在寫作空間上較今體更能自由發揮；雖然易寫，但很難出色。方東樹《昭昧詹言》：「詩莫難於七古，七古以才氣為主，縱橫變化，雄奇渾灝，皆由天授，不可強能。杜公太白，天地元氣，直與史記相拼，二千年來，只此二人。其次則須解古文者而後為主。觀韓、歐、蘇三家章法翦裁，純以古文之法行

之，所以獨步千古。」方氏認爲，純以詩法創作古體，不能出色，須以古文家法，謀篇裁局，長短錯落，才能極具變化之美。孫克寬《學詩淺說》亦認爲古體的創作，氣勢、筆力、辭華，不可缺一，才能有奔放雄奇之姿。

李綱雜文六十三卷（若再加上表、箚、奏議、狀、擬詔等，共一百三十八卷，見《梁谿先生全集》卷二十三至卷一百七十），其中作品不乏優美深刻如〈祭黃子鳳通直文〉（卷一百六十五）者，雄奇奔放如〈非權〉（卷一百五十九）、〈道卿鄒公文集序〉（卷一百三十八）者。在古體詩的表現上，李綱頗有動人之作，當亦是受精煉散文的影響，例如〈傳畫忠義圖〉：

> 君臣以道合，言出心莫逆，膏澤下於民，美化施無極；
> 中世此道衰，言如水投石，義士以死爭，直諫或有益。……

氣勢雄渾，理致條暢，文氣詩美並俱。又如〈夜坐觀斗〉：

> 帝車運轉天沈沈，杓攜龍角魁枕參，幹旋造化豈終極，
> 斟酌元氣分陰陽。物隨南北自生死，時繫俯仰成古今，
> 攝提大角順所指，其餘萬象徒森森。……

氣韻沈鬱，格局大方，夜坐觀斗時所興起的古今悠悠、生死無極之嘆，頗能引起讀者共鳴。

李綱除以古體與友朋次韻酬答外，更擅以此體議論時勢、詠嘆古今。例如〈夜霽天象明潤，仰觀有感，成一百韻〉，以二百句的鉅構，講論堯舜漢唐的治政，以至於今日狐鼠橫行的時政。又如〈聞山東盜所謂丁一箭者，擁數萬衆臨江、破黃州。官吏皆保武昌江湖間，騷然未知備禦之策，感而賦詩〉，以五言句法，對賊盜囂張的現象予以描述，頗有元白樂府的現實主義味道。

宋人詩歌，擅長敘述、議論，李綱的五古與七古，尤其能夠表現此種精神。他充分利用此種體裁，反映重大的社會主題、深沈博大的思想內容，及波瀾壯闊的生活圖景，關懷的觸角試圖深入民間，成爲李綱千餘首詩歌中，最具有教化諷刺的體裁。

（五）四言詩與六言詩

李綱的六篇四言詩，皆為和次淵明之作，分別為和〈時運詩〉、〈停雲篇〉、〈榮木篇〉、〈歸鳥篇〉、〈勸農篇〉及〈答龐參軍之作〉。

四言詩以辭樸意濃為上，劉勰《文心雕龍・明詩》：「四言正體，雅潤為本。」觀李綱此類和陶之作，皆文樸意質，例如〈和勸農篇〉：「天臨下士，是生蒸民，耕食鑿飲，乃含其真。」又如〈和歸鳥篇〉：「翼翼歸鳥，翩然翻飛，風高天潤，去將疇依，雲路翱翔，倦翮思歸，矰繳孔多，無使患遺。」言雅意正，潤人心田，正是鍾嶸《詩品・總論》所言：「文約意廣，取效風騷。」

〈六言頌六首，贈安國覺老〉，為一系列詩組。每首四句，每句六字；內容充滿禪機禪語。六篇的佈局安排，作者亦似乎暗寓某種「禪機」：從音韻上來看，一、四首用收ㄥ的陽聲韻，二、五首押入聲韻，三、六首用收ㄢ的陽聲韻。從謀篇上來看，一、二首文意直順而下，「心似蓮花疏身，身如靈龜藏蟄，三十年來住持，不曾嚼破一粒。」三、四、五、六首的一、二句，則出現「本來滴水滴凍，豈礙徹風徹顛」、「不用讀書讀史，自能說西說東」的特殊形式，相當引人注目。六言體裁，或許因為音節的關係，在風格上不如五言的和婉，也不如七言的悠揚；雖然中唐以後，許多人試作，兩宋人集中尤多，但自王安石〈題西太一宮壁二首〉及黃庭堅〈題畫五首〉等絕妙篇章之後，此體遂逐漸消沉了。（孫克寬《學詩淺說・第二章》）

（六）其他

李綱有奇句詩〈淵聖皇帝賜寶劍生鐵花，感而賦詩〉一首，係以七言古詩的形式表現，共三十一句。詩內起言對此劍原本的期許，而後道出如今賦閒，不得用志的尷尬情況，末後則期望未來有「攄憤刷恥志乃伸」的一天。意念樂觀，氣勢豪壯，頗有武將的雄邁之氣。

〈寶劍聯句〉，五言，一百句，是李綱與友朋叔正、申伯所聯。通篇用收ㄤ的陽聲韻，其中三十七句出自李綱手筆，內容多以寶劍的美好外形、銳利光芒為主要描述對象，並穿插許多哀感動人的典故，

如馮諠、吳札、項莊……等。李綱歸結全詩，並以「報君吾志畢、以爾倚扶桑」，作爲三人的共同志向。此詩匯總詞翰，用力於經典掌故，風格氣勢，頗有雄健之姿。

雜言體十三首〔註5〕，分別爲〈荔枝詞集句〉、〈讀四家詩選〉第三首、〈讀陳子直短歌，三復而悲之，次其韻〉、〈題邵平種瓜圖〉、〈題伯時明皇蜀道圖〉、〈開先寺漱玉亭〉、〈雲居勤老以書見邀，不果往，戲作此頌寄之〉、〈道延平，適風雨雷電大作，土人謂之劍歸有感〉、〈鄭夢錫教授送黃精，以詩答其意〉、〈降步諒二萬衆、漫成口號四首〉。其中口號四首，雖爲七言四句的形式，孫克寬《學詩淺說》（頁40）仍列爲雜言體。

其中〈開元寺漱玉亭〉，共一一八字，係藉景抒發滄海桑田之嘆。詩中「手持芙蕖，跳下清冷中，疑非謫仙，不能爲此詞」句，句式相當特別，讀來生硬、拗口。另外，〈題邵平種瓜圖〉，以十句、七句的句式組合，寫政治如虎的危險、急流湧退的智慧，文平句順，不疾不徐，充滿了泰山之重的美感。又有〈讀陳子直短歌〉一詩，以六、五、三、五、七的句式，交錯運用，表達了文士不遇於世，守貧苦讀、孤詣創作的鬱憤。長短錯落的句法，讀來抑揚頓挫，恰似胸中苦悶的抒發，全詩允滿迭宕沈雄之意。

集句詩三十首，包括〈胡笳十八拍〉十八首，倣王安石集前人詩句，詠嘆靖康之事的悲哀。〈重陽日醉中集子美句遣興一首〉，則是集杜甫詩句，發抒不得用世、幽獨神傷之意。〈荔枝詞集句〉一首，其主旨在表現楊妃與明皇奢侈浮華的生活，進而對當今南宋王朝的文恬武嬉提出警告。

〈湖陰曲〉一首，是李綱和溫庭筠之樂調，其小題云：「王敦舉兵，明帝微行，視其營壘，由是樂府有湖陰曲而亡其辭。溫庭筠製詞

〔註5〕〈荔枝詞集句〉，除體裁爲雜言體外，其性質爲集句詩，在表（二）內，歸爲集句詩二十首中；故表（二）裡，雜言體的數量登記爲十二首。

以附之，東坡書以遺秦少游，客有出以示予者，因效其體次韻和之。」
李綱次韻有「鞭、錢、鮮、起、水、死、淒、嘶、鞾、鎠、章、長」
等字，全詩充滿戈戟生光，雄壯威武之氣。

　　另有八首殘詩，分別爲〈次韻疇老贈丹霞三篇，并寄丹霞以代簡
書〉第一首〈次丹霞歸瑞光巖韻〉、〈鄧成彥病、以詩來問所以治病者，
作詩答之〉、〈次韻王堯明四旱詩〉第四首〈雲禱〉、〈季言送湖外，欲
往無爲、挈其姊旅襯歸錫山，憫其勤，贈此一絕〉、〈次韻鄭教授昌齡
見寄〉、〈寓崇陽西山定林院有感〉第二首、〈食橘〉、〈宿嶽麓寺〉。

第二節　內容分析

　　詩歌之創作，發端於心志，演進於情與形，完成於境〔註6〕。

　　中國詩人自古有言志的自覺意識，「詩，志也」（《說文・三上言
部》），爲人生而藝術的意識主流，使大多數詩人積極入世，勇於面世，
以天下爲己任；並從人生、社會的眞假、是非、善惡中，表現出志的
高大深遠。

　　言志的方式，或用議論性的語言，如〈大雅〉、〈頌〉；或借助於
感情或形象的思維，如〈國風〉及詠景、詠物詩；劉勰《文心雕龍・
情采》篇云：「情者、文之經」、「爲情而造文」、「依情待實」，肯定了
詩人情思在創作中的重要表現。情思之起，或觸景，或睹物，《二南
密旨》：「感物日興，興者情也，謂之外感於物，內動於情，情不可遏，
故日興。」〔註7〕說明了詩人感物而動情的心理現象，並藉由客觀事
物的模倣或重現，達到詩人吟詠情性、託物賦志的願望。

〔註6〕陳良運《詩學、詩觀、詩美》一書中，從美學結構的角度出發，在
　　　　「完成于境」之後，再提出「提高於神」的論點，其論述主要著重
　　　　於主體的有神與客體的入神，皆可臻詩於高妙之境。本節不擬討論
　　　　境界之問題，故不取。見本書〈中國古代詩論的一個輪廓〉，一九九
　　　　二年，江西高校出版社出版。
〔註7〕托言爲賈島著。轉引自陳良運《詩學・詩觀・詩美》之〈中國古代
　　　　詩論的一個輪廓〉。

　　詩歌，是心志的依附，情感的寄託。試觀李綱一千五百多首詩歌，正是其人生命境界的表現。身處其境，現境於心，故有景物山水、詠史議政之作；愉樂愁怨，抒發其情，託言馳思，深得其意，故有詠物及日常生活瑣事的詩篇；萌生新意、深思於心，以個人的學識涵養發之於詩，遂有禪言哲理之詩。李綱雖有哀怨、悲愴之感懷發抒於詩，但其寄託所在，或山水、或瑣事，或古史今事的議論，是以本節中，將「詠懷」詩打散，分入各類，本文嘗試以內容分析的方式，探查李綱吟詠情性、託物賦志的願望究竟為何。

一、次和前人詩篇

　　李綱次和前人的篇章，共有八十二首。從這些次和的作品中，我們可以窺知詩人精神之嚮往，藉由對古人的掌握與了解，可以反觀李綱心靈的動向。

（一）次和陶淵明之作

　　計有〈和陶淵明歸田園六首〉、〈和淵明飲酒詩二十首〉、〈和淵明採菊東籬下二首〉、〈和淵明貧士詩七首〉、〈次韻淵明九日閑居〉、〈次韻淵明讀山海經〉、〈和淵明時運詩念梁谿故居〉、〈和淵明歸田園居六篇〉（註8）、〈和淵明擬古九首〉、〈和淵明停雲篇〉、〈和淵明榮木篇〉、〈和歸鳥篇〉、〈和勸農篇〉、〈和淵明遊斜川〉、〈和淵明己酉歲九月九日之作〉、〈和淵明答龐參軍〉、〈陶淵明嘗設形影神問答賦詩三首，讀之有感，因次其韻〉，共六十三首。

〔註8〕李綱共有兩組歸田園六篇之作。一收於卷十二，其序曰：「予家梁谿麓、有田園可歸，方謀築室惠山下，娛意泉石，忘懷世味，謫官羈束，未獲遂心，因讀陶淵明歸田園詩，嘉其辭旨平淡高遠，次韻和之，以寓意焉。」一收於卷二十一，其序曰：「余既居梁谿，有田園可樂，又平生愛錢塘湖山之勝，常欲治書室湖上，買小舟浮家泛宅，往來苕霅間，以終其餘年，此素志也。自乙巳歲為世網所嬰，此事便廢，而浙郡相繼兵叛盜起，景物佳處鞠為灰燼。今余又羈旅湖外，邈無歸期，乃知世間不如人意者，十常八九，豈不信然。因和陶淵明歸田園居六篇，以自慰云。」

　　由於歷史使命感與社會責任感的自我要求，李綱始終擺脫不了國家與社會；但對於生命境界的追求，他對淵明有一片極親切又極景仰的深情。在〈歸田卷六首〉（卷十二）：「我讀古人書，獨與淵明親」及〈讀山海經〉裡，李綱自言，「緬懷陶淵明，雅志與我親。」皆可看出詩人與淵明精神的契合。

　　二人相同的生命氣質，出自於「豈爲一身計，實懷四海憂」的共通理念。原本猛志逸四海，願意大濟蒼生的陶淵明，在歷經密網宏羅的黑暗政治後，終於決定寄託心靈於樸質的田野中〔註9〕。許身社稷的李綱，亦在現實與理想的衝突下，退居田野。在心路歷程中，二人入世的熱情，是幾經掙扎，而後冷卻，以趨於寧靜。下列次和淵明的作品，可看出李綱自廟堂走入山林的思考方式：「古今會變遷、萬壑無停流、向來富貴者，壘壘但荒丘。」（〈擬古九首〉）「落葉不可數、枝間綠將稀、節物一如此，感歎何時歸……從茲就閒曠，勿使吾心違。」「百年會有盡、富貴同邱墟，不如早抽身，卜此山林居。」（〈歸田園六首〉）用時間與空間的蒼茫偉大，開脫微粟之身入世的掙扎與苦痛，使心靈歸向天地和合的安詳，是淵明超脫自我的方式，也是李綱步跡淵明之所在。

　　在次韻〈飲酒詩〉二十首裡，李綱也提出了回歸的反省：「是心本純白，利害俶擾之。」「我本田野人，蕭然巖壑姿……誤學霸王略，肯吐陳平奇，世故乃如此，拙謀何所爲。」因此，在生活的表現上李綱與淵明遂有形神俱合之處：「膝橫五弦琴，試鼓南風曲，寄傲北窗下，便覺此生足。開懷酒一壺，寓意棋一局，既使風掃門，還將月爲燭。」（卷十二〈歸田園〉）這種「悄然無世喧」「相對惟青山」（和〈採菊東籬下〉）、「策杖成獨遊」「獨歌誰與酬」（和〈遊斜川詩〉）的生活，使李綱的心情達觀，眼界開闊，即使是生不逢時、不遇於世，仍有淵明做他的千年知音；「淵明骨已朽、千載同滋情」（次〈九日閑居〉），

―――――――――――――――――――――――――――――――

〔註9〕參考廖仲安《陶淵明》，國文天地，民國八十一年。書中述明陶淵明
　　　　儒家的進取及務實精神。

正可說明李綱以淵明爲侶的精神生活。

　　（二）次和蘇東坡之作

　　有〈次韻東坡四時詞四首〉、〈浴罷和東坡韻〉、〈東坡醉題四首〉、〈白水山佛跡巖行遂不果到，次東坡韻〉、〈次東坡月夜理髮〉、〈追次東坡和鬱林王守韻〉、〈次東坡韻二首〉、〈月夜江閣次東坡韻〉共十五首。

　　李綱自認個人身世與東坡頗爲類似（參考第二章），因此，因相同身世而興起之感慨，成爲此類次和作品的重要主題。〈次東坡月夜理髮〉：「自經憂患髮如葆，欲論此心無與言，不如緘默度餘日，悵望吳越空銷魂。」〈月夜江閣次東坡韻〉：「獨坐念平生，行路眞漫漫，危腸易感激，不待聞哀彈。」更令人激賞的，是李綱作品中與東坡相謀而合的天地靈氣。〈白水山佛跡巖行遂不果到，次東坡韻〉：「天公本無私，尤物隨意主，闊視天壤中，滄州乃吾圃。」一詩，其氣勢格局雖然難比東坡的〈赤壁賦〉，但大自然無窮的生意，與自己靈氣相互呼應的多采多姿、美不勝收，卻令李綱得以用智慧之心眼，重觀大千世界、宇宙人生，爲自己的貶謫生涯，別開一局面。

　　東坡貶放黃州五年，所發出「人生如寄」的喟歎，似乎深深影響了李綱。在〈和東坡醉題四首〉中，綱有「天地一秋毫，況此渺然身」的感漢，在〈浴罷追和東坡韻〉中，也有「吾生眞寄耳、來者亦何卜，沛然乘天遊，無心且緣督」的物外自放；然而，樂觀、智慧的人，總能在天地契機中，尋得安身立命的所在：「天影合中觀妙色，潮波迴處悟圓聲，從來渤海爲全體，試問一漚何處生。」（〈次東坡韻二首〉）這種樂觀、豁達的信念，也是李綱能夠繼續爲國效勞、鞠躬盡瘁的精神力量。

　　李綱另有〈玉華宮用杜子美韻〉、〈秋風二首次子美韻〉、〈次韻杜子美九日藍田崔氏莊〉，發抒懷鄉、思國之嘆。又有〈次韻和李太白感秋〉、〈次退之藍關韻〉、〈和唐人張爲秋醉歌〉、〈章華宮用張籍韻〉，前三首爲抒懷，末首則爲詠物之作。

二、禪言詩與哲理詩

　　晚唐五代以來，禪宗與詩歌日益出現雙向滲透的傾向，禪僧借詩說禪，士人以禪入詩，演至宋代，激起了絢麗多彩的景觀〔註10〕。在〈易學與宋代文化〉（收錄於《宋詩綜論叢編》）一文中，朱安群先生對於宋代此現象有所論述：「……純粹儒學確有它先天的不足：孔孟著述多有社會現實的內容，而缺乏自然的宇宙觀、認識論、方法論的內容。主張積極入世的儒學……對尊卑、榮辱、毀譽之別太近視，也太執著。不勝今昔之感的宋人需要用高曠的胸懷來看待現實中的得失安危，尋找在社會走下坡路時，既能鞏固現存秩序，又能排遣內心憂悶的途徑，於是講『齊物』的道家思想，講『空無』的佛教思想，便填補了這個空缺。」

　　此外，宋代士人在文學之外，兼重哲學的思考模式，使得詩歌內容得以開發新的觸角。對於天地萬物的倫理秩序、生命的默察澄觀，乃至於飲食起居、處世接物所觸發的內在反省，都是宋人詩歌的新題材。而其表現方式，正如錢鍾書《談藝錄》所云：「招此形而下者，以明形而上者。」因此，宋人常在詩中說長論短，把自己廣泛的才情、器識及思維結果，披露在詩歌中，形成宋詩中的哲理文化，造成詩歌言理不言情、多議論的枯瘦風格。以下擬就禪言詩及哲理詩，探討李綱的精神思維。

（一）禪言詩

　　李綱在三十八歲貶謫沙陽期間，開始留意空門之事，與陳瓘、鄧肅、圓應禪師、丹霞長老等人，頗有詩文酬答，討論佛門明心見性等問題。從目前所留的作品中，可歸析李綱的禪言詩，得以下特色：

　　1. 天地之間，處處生機

　　佛云不可說者，在李綱的詩裡，親切而隨和地體現在自然萬物中。「卷雲花透月輪圓」（〈吳覿寄氄枕、香爐頗佳，以詩答之〉）原是

〔註10〕參考周裕鍇〈文字禪與宋代詩學〉，收編於《宋詩綜論叢編》，麗文文化公司，1993年。

狀寫香煙之態；但視角在無限擴大以後，月圓深夜裡，神秘的天機似乎蘊含著一股即將爆發的生命力，而這股力量，卻寧靜地展現在細微舒卷的夜雲，也詳和地展現在因月光而似呈透明的月夜花瓣上。又如〈六如亭〉中：「萬法本來皆夢幻，春風又見草青青。」相當簡單、相當平凡的詩句，卻因那股勁捷的力量，令人為這蓬勃的生機，產生感動。

李綱觀照的眼光如此精細而普及，處處因有生機，處處皆能修行。〈同羅疇老、鄧季明宴凝翠閣泛碧齋〉：「法界惟心在處安」，〈題丹霞晏坐軒〉：「超然步步皆道場，善哉步步能踏實」，「羈旅隨緣即道場」（〈松架〉）。隨花見佛，沙中見世界，心志安凝的地方，就是般若世界。雖然禪理不可道破，箇中消息，有待學者自行領悟，但這個世界裡，賦秉靈氣：「黃花翠竹真如性，大地山河清淨身」（〈清湘西山寺無量壽塔〉）只要心靈超越認識主體所能知，獨觀每一事物的物如實相，皆具天地之大美，自能轉識成智，轉俗成真，提升自我的境界。

2. 越形入神的境界

「大地山河清淨身」的觀念，普遍存於宋人意識之中。〈釋江西詩社「學詩如參禪」之說，兼論宋代詩學之精神〉（龔鵬程撰，收於《宋詩論文選輯》（三））有云：宋人察覺到因妄情我執而認識的經驗世界，基本上是虛幻的，因此展開心淨則佛土皆淨的體會。陳善《捫蝨新話・上集卷四》亦云：「天下無定境，亦無定見，喜、怒、哀、樂、愛、惡、取、捨，山河大地皆由心生。」因此，心是什麼？心在哪裡，常是李綱與友朋討論的課題，在〈鄧成彥病，以詩來問所以治病者，以詩答之〉詩中，綱云：「須知病者誰受病，其中必有不病人」、「本來面目只一體，安用更分精與神」、「欲識其中不病者，即是毗廬清淨身」。在〈題入定僧持法師畫像〉：「拘拘守定乾皮袋、畢竟如何始是真」詩中，可觀察到李綱以形為俗質，以精神為真我的自主所在，而生命的修行，其對象、境界，正是此神。

3. 與天地同往的瀟灑與滿足

自我無限地提升，與天地同大，心神所在之處，妙機充滿，李綱對自身性命的看法，遂能超脫俗質。在〈偶題二首〉裡：「生前能著幾兩屐，安用胡椒八百兩，此身猶自是蘧廬，身外何須寶金玉。」對於物質的看法，已有如此了然。對人生緣份的聚散離合，則有「緣合則應散則休，起滅幻境如浮漚」（〈夜寢夢遊泗上，觀重建僧塔纔兩層塔，以今春同普照王寺焚盪殆盡，豈大士有意再來此土乎？覺而賦詩以紀之〉）的理趣與了解。

李綱的灑脫與自在，亦表現在他對自然萬物的觀照上，「孤雲與獨鶴、何往不可寓，返觀生死海，便是涅槃路」（〈次韻丹霞錄示羅疇老唱和詩・和古風〉），「青山綠水年年好，明月清風處處同」（〈南安巖恭謁定光圓應禪師二首〉）、「釋氏戒戀著，一廂寄枯桑」（〈寓軒用竹為窗，隔以禦西風，戲為小詩，紀其事示志宏〉），行步自此，胸懷明月、襟挽清風，生命的答案，似乎已於萬物中呈露。在〈足成夢中〉裡，李綱也用：「本來佛法無多子，正覺菩提彈指超，誰信曹谿一滴水，流歸法海作全潮。」四句詩，表達了他的肯定。

個人認為，禪應該是一種開闊、自由的精神領會，不泥於物，更不拘於文字之間。王維：「空山不見人，但聞人語響，返影入深林，復照青苔上。」自是生命的一種美好境界，此種境界的完成，誠如李綱〈六言頌六首贈安國覺老・第五首〉所言：「夢法無心契合，絲毫擬議即差。」然而，自宋代開始，不立文字之禪，變為不離文字之禪，生命的機靈，纏死在禪意裡，即使李綱，亦不能擺落此種死巷。反觀其哲理詩，呈現出平淡、不做作的情致與思維，更能引發讀者內心深處對天地奧妙的感動。

（二）哲理詩

相較於大量以文字說禪，以禪言說理的詩歌，李綱別有一些清新的小詩，表達了他對生活、現象界的看法；這些詩歌，數量不多，並且是李綱心靈的自然呈現，及理致思維的無意展現，與那些刻意流露

禪機、理趣的禪言詩，在創作本質上是不同的。

> 言以多窮默取容、不如體道守其中、道非言默所能載，畢
> 竟兩端皆是空。(〈陳幾叟以了翁所作默堂箴見示，且求余
> 言，拾其遺意作四絕句〉)

詩中流露李綱沈靜雍容的人生看法，生命的思維，在詩人的心靈裡涵泳自如，很難明言，也很難以默言表示，胸中丘壑，如人飲水，冷暖自知。又如〈絕句二首〉：「邪氣只能干正氣，妄心自不勝眞心，治心養氣無多術，一點能銷瘴毒深。」此詩作於四十八歲，當時流放至嶺南，身受瘴癘之苦。在此種苦惱中，詩人提出「一點眞心」的看法，用以抵禦妄心、邪氣。

自足豁達的樂觀精神，表現在〈晚行〉等詩中。「……掠水起行雁，隔林聞遠鐘，休鞍僧舍闃，皓月又東生。」此詩的背景，是詩人在歲杪時，懷著惡劣的心情踏上旅途時所作（時三十八歲），暮雲、殘照，勾起詩人一片愁心；但是，在短暫的休息後，更長遠的路，因爲皓月東昇，而起明亮之感，林外遠鐘，行雁掠水，帶給詩人心情新的契機，眼睛與耳朵的界域開闊，也令詩人帶來了希望。

〈水碓〉：「鑿木爲機運不休，溪邊疊石駃溪流，但知隨水能旋轉，肯道舂糧不自由。」詩人眼光從平凡的事物裡觀察，看見水碓隨水往復旋轉，藉由水的自由流逝，反襯出水碓的不自由，這種生活現象的有趣觀察，來自於詩人活潑的心靈及敏銳的眼光，而這輕快、自然的表達方式，也流露出李綱思維的理致條暢。

〈水碓〉〈晚行〉二詩之美，有清新、自然之感，尤其〈晚行〉，哲理的思維在似有似無間，以行旅詩的眼光來看亦無不可，但詩人無意間呈露的勇毅、以及大地日月賦予人心的力量，令人感受到作者熱愛生活的襟懷，以及人生智慧的光彩。

三、詠物詩

宋代哲學思維的發達，使詩人的眼光，深透至宇宙奧妙，廣闊至社會現實及細微的日常事物。宋詩中，詠物作品之多，詠物類別之廣

泛，實爲中國詩歌之翹楚。計李綱詠物之類別，可歸析如下：

植物類：橘、竹、菊、荔枝、茉莉、含笑花、檳榔、蘭、梅、酴
　　　　醾、橄欖、枇杷、巖桂、芝、菖陽、昏籟、荷花、牡丹、
　　　　槿、雞冠花、芙蓉（拒霜花）、千葉碧桃、千葉罌粟、
　　　　芭蕉、芍藥、仙人掌、杏花，蓴菜。

禽類：梟、黃雀、孔雀、鸚鵡、白鷺、子規、鵰、鶴。

蟲類：蜜蜂、蚊、蟬、秋蟲、促織、絡緯、螢火蟲、蒼蠅、蚤、
　　　螳螂、蜻蜓、蟋蟀。

動物類：牛、馬、兔、狸、黃精鹿。

海產類：鮮鯽、石輪魚、鱖魚、螃蟹、鯉魚、蓮龜。

氣象類：雨、雪、虹、雪霽、梅雨、月蝕、飛雲。

日用品：銅鑪、紙、筆、墨、硯、水晶筆格、圓鑑、紙帳、竹枕、
　　　　地爐。

　　「詠物」一詞，始見於鍾嶸《詩品》。俞琰《歷代詠物詩選・序》
中，對詠物詩的源流有說明：

> 古之詠物者，其見於經則灼灼寫桃花之鮮……此詠物之初
> 祖也，而其體猶未全，至六朝而始以一物命題。唐人繼之，
> 著作益工。兩宋元明承之，篇什愈廣。故詠物一體，三百
> 篇導其源，六朝備其製，唐人擅其美，兩宋元明沿其傳。

而「詠物」之「物」的明確疆界應該如何釐定呢？俞氏又於〈凡例〉
中說：「歲時，非物也。」認爲所詠之物應爲自然界或人爲的具體實
物〔註11〕。洪順隆先生《六朝詠物詩研究》中，也認爲：詠物詩的主
旨，在吟詠物的個體（此個體所指包括自然界及人造的）。也就是作
者由於有感於物，而力求工切地「體物」、「狀物」，並且訴諸於詩，「窮
物以情」、「盡物之態」。

〔註11〕也有人認爲，節令可列爲詠物之範圍。例如：劉永濟《詞論・卷下》，
　　　　作法列有體物一目，就包括詠物、節序兩類。張清徽《南宋詞家詠
　　　　物論述》，東吳文史學報，第二期，將南宋詞家之詠物內容概括爲十
　　　　類，其一則爲節令類。

好的詠物詩，須有「不即不離」之妙。俞氏《歷代詠物詩選・序》云：「其佳者往往擬諸形容，象其物宜，不即不離，而繪聲繪影，學者讀之，可以恢擴性靈，發揮才調。」可知，如果不能描繪物的形容姿態至於眞，不能掌握物的精神氣質至於妙，不能感發作者與讀者的心靈臻於美善，則詠物之作徒然爲呻吟風月之作，談不上藝術的價值了。

以下擬從物的形容描繪、物的精神掌握，以及物人共鳴三個角度，析賞李綱的詠物詩。

（一）物的形容描摹

對於物態的描摹，李綱常具巧匠之意。〈再賦芭蕉〉：「帶雨移根潤，驚雷展卷新」二句，原爲形容芭蕉葉的綠瑩晶潤，驚雷二字暗寓著春雷乍起的季節，同時也製造出綠葉初展，大地驚豔的效果。在〈用韻賦梅花三首〉中，對於梅花姿態的描寫，轉從側面多以敘說：梅花之潔白，以「冰冗自飲晨露白」來說，從冰清玉潔的擬人形象，呈現出梅花仙子的綽約姿態，飲晨露的傲然與清麗，更將梅花精神烘托出來。同詩中，「皓潔色洗煙嵐昏」「飄零疏雨夕煙暝」，則以暗澹的背景，映襯出梅花的孤寂精神。〈巖桂〉詩中，則以細膩深刻之筆，寫巖桂之美。巖桂，一稱木犀、桂花，「微舒嫩葉玉剪碧、巧綴碎顆金排黃」二句，實具精細之美。桂葉邊緣有鋸齒狀，初萌之綠葉，在陽光下晶瑩剔透，宛如碧玉裁出；含苞之桂呈顆狀，以「碎顆」二字形容桂花綻開，令人驚嘆其生動之美；在枝柯叢葉間，細碎桂花三五成群地散佈枝椏間，亦非「綴」字不足以形容。

〈羅疇老所藏李伯時畫馬圖〉中，詩人以「蘭筋秀骨」形容馬之姿態，「蘭」、「秀」二字的使用，令人驚異。〈白鷺〉詩中：「白鷺孤飛映碧峰、皎如片雪落輕風、徊翔意態雖容與、心在清波寸鬣中。」藉白鷺孤飛之景，烘托出一片江碧峰青的詩意畫面，達到感官的審美享受。〈晚虹〉的「桑榆暮色蒼然至，隱隱猶拖半段紅。」亦將黃昏的蒼茫美景呈現出來，尤其天際的隱隱虹光，「拖」出一條若有似無的尾巴，渲染暮色，在蒼茫中平添一股綺麗。

（二）物的精神掌握

同一事物，經由作者不同角度的興喻與聯想，常被勾勒出不同的精神面貌。例如〈雞冠〉詩中：

> 花蕊成冠巧學雞，刻雕誰謂染胭脂，
> 曉來得雨猶鮮好，卻似昂然欲鬥時。

全詩著重在雞冠花的昂揚精神，如旭日之初昇，如雨後之生氣。又如〈從鄧季明求菊花〉，以「風靜香自遠，露寒色爭鮮。」來比喻菊花之精神，如君子之德，在安靜之中，芬芳遠播，在寒冷之中，色澤更鮮。

〈端石硯〉一詩中，先以「珍物乃卵生，孕此馬肝色」說明此物之珍貴，復以「世傳鴝鵒眼，通透蓋其脈，頗同阮步兵，見客作青白」作為此物之精神特質，此種特質的掌握，一則呈現出此物之靈性，一則與前言之可珍貴相呼，與後文李綱得此忘年的心情相應。

在〈檳榔〉、〈山藥〉二詩中，李綱則針對物體本身的精神特質，予以挖掘顯現。例如：「當茶銷瘴速，如酒醉入遲」二句，把檳榔可以令人提神，亦可令人產生酒醉昏眩現象的特質披露，成為此詩中，對於檳榔特質的抽象描寫。「藤盤欲薦冰霜質，石鼎先聞風雨聲」，更將山藥一物，吸收天地菁華，歷經風雨淬鍊的精神展露出來，成為山藥的珍貴風格。

黃永武〈詠物詩的評價標準〉（《古典文學》（一））：「詠物詩的基本條件，是體物得神，參化工之妙，使神態全出。」的確，上述李綱詩作中，除了物的形容姿態外，詩人更能掌握物的精神、風格，抓住抽象的一點神理，予以發揮。

（三）物人的共鳴

楊宿珍先生〈觀物思想的具現──詠物詞〉（收於《中國文化新論·文學篇二·意象的流變》）：「物的質性，不是詩之主題的主要目標，顯示人文意義精神，卻成為重要的鵠的。」誠然，詠物的價值，在於人文精神及人文意義的展現，否則，即使手法極盡巧麗描繪之能

事，也僅如屏風上的金碧山水，難以引起人心的共鳴。

在〈病牛〉、〈蜜蜂〉二詩中，詩人藉由牛、蜂二物的辛勤，表達個人願意為國憂勤的心志：

> 耕犁千畝實千箱，力盡筋疲誰復傷，
> 但願眾生皆得飽、不辭羸病臥殘陽。（〈病牛〉）

> 秋風淅淅桂花香，花底山蜂採掇忙，
> 但得蜜成功用足，不辭辛苦與君嘗。（〈蜜蜂〉）

此二詩中，藉蜜蜂與牛終生辛勤的形象，來寄託詩人此生的感慨，並藉二物的「不辭勞」精神，表達了李綱為國許身，終生不悔的心願。

「天涯相見兩寂寞，敢以陋質傷飄零，舉觴為爾成一醉，醉中不識居蠻荊。」在此〈初食金橘〉詩中，李綱首言金橘之美好，如「珊瑚枝幹碧玉葉」，其次則以金橘的身處蠻荒之地而心傷，物人的感應共鳴，起自於兩者身世之相同。在〈山居四卉・槿〉中，詩人亦寄託個人的政治生涯，在槿花的生物特質上，「朝開暮落君莫笑，縱使多時終委沙。」花之引人心動，在於它的朝開暮落，與詩人「旋用旋罷」的政治遭遇，有異曲同工之妙。又如：〈次韻陳介然幽蘭・翠柏之作〉中，詩人以物諷諫：「譬猶美芹子，乃以薦君王，棄置固其宜，零落誰復傷。」同樣的，〈得了翁書并寄石芝〉詩中，以「豈惟食淡兼攻苦，嚼蠟如荼多欲吐，清甘徐發齒頰間，漱以寒泉如飲乳」，將石芝一物之特質顯出，復以良藥苦口、忠言逆耳之理，願君王進納忠言：「世間此味知者鮮，往往既吐還追尋，我欲持之獻君子，自古至言多逆耳，願於苦處辨忠良，若待迴甘真晚矣！」在這些詩中，物人交疊融合，藉微物以明大義，以託心志，誠為詩人含蓄委婉的精神表現。

四、詠景詩

詠嘆山水景物之詩，約佔李綱詩歌總量之一半，綜其所詠之景，在大自然方面，有：潭、溪、湖、泉、瀑布、海、河、塘，山峰、巒、石巖、洞穴、森林；在人工景物方面，則有：寺廟、宮殿、館閣、樓

台、塔、精舍、觀、宮、庵、軒堂、草堂、書齋、剎、院、莊舍、驛館、堂、室、橋、祠堂、浴室。

　　中國的詠景詩，向來講究「天人合一」的境界之美，陶淵明「採菊東籬下，悠然見南山，返景入深林，復照青苔上。」及王維「人閑桂花落、夜靜春山空，月出驚山鳥，時鳴春澗中。」既有詩人眼睛、耳朵所感受到的「現前真景」，又有心靈寫照的坦然寂靜。反觀李綱的詠景詩，或許是人文精神太過濃厚之故，他的此類詩歌取景的角度，常常擺脫不開人文意象的顯現。從他的詠景詩裡，可以顯見他的身份與地位，在山水詩裡，詩人賦予個人的主觀情緒給山水，山水所能勾引的興嘆之情，也侷於李綱個人的身世之嘆、家國之悲。質言之，中國山水詩講究將自然之美、之情，回歸天地；李綱卻將山水的愛恨悲歡，回歸給自己的身世。例如：

　　　　北風阻行舟，駕言遊蔣山……假道來江關，
　　　　邂逅兩萍梗……（〈同李似之遊蔣山〉）

　　　　林中輕素起寒煙，兩兩飛鷗傍釣船，
　　　　心在江湖歸未得，晚來幽獨更悽然。（〈凝翠晚望五絕句〉）

　　　　我昔曾作雲安行，道逢除書還玉京……
　　　　此來又謫武昌去，盧山當道欣所經……（〈三峽橋〉）

然而，就詩歌內容來看，其山水、景物所呈現的美感與情懷，仍然帶給讀者藝術欣賞的感官享受。以下試將其整體內容，分為二類：

（一）純詠景之作

　　此類詩作，多作於宴飲、唱和的場合，或旅程之中。〈桂林道中二首〉：

　　　　桂林山水久聞風，身世茫然墮此中，日暮碧雲濃作朵，
　　　　春深稚筍翠成叢；仙家多住朱明洞，客夢來遊羣玉峰，
　　　　雁蕩武夷何足道，千巖元是小玲瓏。

此詩作於四十七歲，詩中極言桂林山水之美。又如與陳興宗、鄧成彥等人早會凝翠閣、晚遊泛碧齋時，所作之〈十六日泛舟〉：

> 小雨破殘暑，移舟佳致多，煙嵐遠增翠，雲水暮相和，
> 散綺霞依日，搖金月委波，勝遊非易得，不飲欲如何。

筆觸亦是著重於當時景緻之美好。

在詩的美感活動中，自然景物無法客觀獨立存在，它在詩歌中的表現方式，是對應著詩人主觀情思的運轉或觀照。誠如吳喬《圍爐詩話·卷一云》：「景物無自主，惟情所化。」李綱此類詩作中，主觀情思的特徵不明顯，因此，景物所賦的感情，沒有定位。例如〈十六日泛舟〉詩中，最後兩句的總結，可以喜語出之，亦可以哀語出之，風格意境仍可一貫串連，不會出現「前言不著後語」的狀況。

（二）以景觸情、將情寓景之作

在流離途中，李綱的滿懷愁緒，無處抒發，時常寄託在山水天地間。例如：〈初到臨平見山二首〉

> 孤舟渺渺兩山間，終日鉤簾只看山，落日半銜霞未散，
> 疏林遠暝鳥初還；淒涼離恨誰能寄，浩蕩詩愁自莫刪，
> 賴有青山可人意，與君相對且開顏。

由兩山之間的渺渺孤舟，興起身世之嘆。山、舟的大小映襯，靜佇與飄浮的安定與不安對比，令詩人起天地之大，微粟之身何所寄託之感。落日暮景，勾起人心深處的蒼茫無望，疏林鳥還，反面烘托出詩人異鄉飄泊的愁苦，下文的「淒涼離恨」、「浩蕩詩愁」因得落實，成為此詩之主要情懷。

在〈江行即事八首〉裡，筆觸亦從「合踏青山轉碧川」起言，寫「光鎗影渡」、「星河碎」，寫風雨嬋娟、氣蒸雲物，鋪陳一片愁哀之境後，道出「心繫鴿原千里外、夢回鼓角五更前」的沈重心事。〈江上晚景二首〉，詩人眼見風雨之急、斷霓明川、江頭日暮的天地奇景，心靈上卻禁不起鷗鷺儔侶、蒹葭相連的溫柔景緻觸動心弦，因此，詩人說出：「平生江海志，對此卻茫然」的感傷之語。

此類詩歌中，情感要素居於主導地位。詩人對於山川、日月、青山、草原，雖然給予鮮明的描繪，但景物的旨趣展現，卻主要來自於

詩人的精神，以及感性觀照。

　　李綱在這些詩歌裡的情感興發，有家國之故情，例如：〈江行十首〉：「煙雨濛濛濕，雲濤渺渺深，懷家千里意，報國一生心。」〈弋陽道中〉：「雲外山深橫筆格，月中灘響疊琴心；臥龍三顧今寥落，抱膝空爲梁甫吟」。也有謫客的落拓之情，如〈小溪〉：「漾月下搖金潋灩，涵虛不動鏡澄泓，自憐逐客難淹泊，不爲溪山景太清。」〈陸行〉：「天寒野迥怯霜露，日暮途遠傷蓬萍，我生胡爲浪自苦，濁酒且向燈前傾。」一片爲國爲君的眞心，不被人重視、接納，輾轉飄蓬的行旅生涯，又不能爲生命的疑問尋求解答，面對廣闊的天空、大地，安靜的山川平野，李綱有更多的歸隱之情寄託在自然美景中。〈初到臨平見山二首〉：「點綴白雲春縹緲，縈迴綠水晚淵淪，君恩若許歸田里，定卜山間老此身。」〈吳江五首〉：「木落山寒天氣清，江湖合處一橋橫，……他時若我歸來後，定向江頭事釣耕。」

　　此類詩歌中的情感表現，個人以爲，氣魄不大。對於壯闊境界的達到，詩人常以洶湧的波濤、壯觀的海洋來表示，如〈翁士特見和山字韻詩兩篇復次前韻寄之〉、〈岳陽樓三首〉，但個人氣質沒有富蘊於內，壯闊之姿，徒具形式。在情感上，李綱最激烈的情志，就是小臣悽憤之情，而這種感情，除了四十七歲以後，見盜匪猖獗，人民疾苦，爲黎民發出憂苦之音外，其早年的悽憤，皆著重於個人的不遇，因此，訴諸山水景物時，客體的表達張力受侷於主體，很難達到動人心魄的效果。當詩人內心對天下萬物關懷的角度不夠深、不夠廣時，山水景物詩中所能賦予讀者的生命深度，也相對膚淺了。李綱沒有李白與天地同位的氣概，沒有杜甫肩擔天下的苦僧之志，在生命境界上，沒有王維、淵明的深遠層次；因此，他的山水景物詩，只能說是詩人個人的情性吟詠，也是一幅細心著墨的客體寫生罷了。

五、諷諭詩及詠史詩

　　宋人詩中，對社會、國家，表現了空前深刻而強烈的關懷。除了

哲學思維的發達，使宋人的眼界拓廣，深入評析、議論現實事件的發生，成爲宋人的思考興趣外，宋代詩人視爲義不容辭的社會連帶意識，也造成宋人詩歌中詠史詩及議事詩的發達。朱安群先生〈易學與宋代文化〉：「……憂患感、危機感所引出的又一積極結果是：宋代士子普遍具有強烈的政治參與感，高度的社會責任感，突出地表現爲直面現實弊端，關注國運盛衰，同情百姓疾苦，議政、議軍、議經、議文，成爲有宋一代潮湧不息的社會風尚。」今觀宋人詩集，此言誠是。

（一）諷諭詩

吉川幸次郎《宋詩概說》：「宋人把散文家成熟的技巧手腕用之於詩，因而促進了敘述體詩的成立發展。」而敘述體的成熟，使宋人詩歌的題材，不再以情感的表現爲滿足，於是他們把眼光外轉，對外界從事客觀的考察，同時盡可能把所見所聞的外在事件，毫無遺漏地用詩來加以敘述。李綱的〈建炎行・并序〉、〈草宰執書論方寇事戲成〉、〈聞浙東方寇大作、道路不通，迂路由江南以歸有感二首〉、〈至蕪湖聞賊陷錢塘，復爲官軍所得有感〉、〈長沙有長江重湖之險，而無戰艦水軍。余得唐嗣曹王皋遺制，創造戰艦數十艘，上下三層，挾以車輪鼓蹈而前駛於陣馬。募水軍三千人日夕教習，以二月十八日臨清湘門按閱，旌旗戈甲一新，觀者如堵，成五絕句以誌之〉等，就是社會現象的考察及政治意見的抒發。

其中〈八月十一日次茶陵縣入湖南界有感〉，充滿了元白新樂府的現實主義：

> 憶昔湖南全盛日，郡邑鄉村盡充實，連年兵火火煙稀，
> 田野荊榛氣蕭瑟。我初入境重傷懷，空有山川照旌節，
> 試呼耆老來詢問，未語吞聲已自咽。自從北騎犯長沙，
> 巨寇如麻恣馳突，殺人不異犬與羊，至今澗谷猶流血。
> 盜賊縱橫尚可避，官吏貪錢不可說，挾威倚勢甚豺狼，
> 刻削誅求到毫髮。父小妻孥不相保，何止冤膚困鞭撻，
> 上戶逃移下戶死，人口凋零十無八。九重深遠那得知，

> 使者寬容失譏察。今朝幸睹漢官儀，願使斯民再蘇活。
> 我聞此語心如摧，平生尚有陽城拙，行移州縣遣官僚，
> 盡罷科須治姦滑⋯⋯

以樸質真切的筆法，寫湖南鄉村的兵連禍結，先有巨寇，後有貪吏，前者殺人如麻，後者刻削誅求，帶給小老百姓的苦難災殃，令人心摧。如此平實而深刻的文字，帶來震撼人心的感動力量。蕭馳《中國詩歌美學‧第五章》認為此類作品，「反映了下層人民水深火熱的生活。在藝術上，具有不尚雕飾、渾厚直樸的風格⋯⋯」「直接繼承了漢樂府或杜甫以及白居易〈秦中吟〉、〈新樂府〉的思想藝術傳統。」

　　誠然，李綱以其不忍之心，質樸之筆，繼承了元白詩歌的精神。在〈宿嶽麓寺〉中：「隔江望城郭，瓦礫稀人煙，十里無草木，髡盡群山巔」的現象描寫，以及「寇騎中宵來，烈火光照天，殺人知幾何，浮屍蔽長川」的事件陳述，更為哀哀黎民的苦難，做了如血如泣的控訴。

　　除了民間疾苦的呈現，李綱也常在詩中表達了個人對國事、政策的看法。〈伏讀三月六日內禪詔書及傳將士牓檄，慨王室之艱危、憫生靈之塗炭，悼前策之不從，恨姦回之誤國，感憤有作，聊以述懷四首〉，其二曰：

> 鐵騎長驅擾漢疆，廟堂高枕失提防，關河自昔稱天府，
> 淮海于今作戰場。退避固知非得計，威靈何以鎮殊方，
> 中原夷狄相衰盛，聖哲從來只自彊。

詩中對於朝廷的偏安政策，提出激烈的批評。同年所作的〈恭聞詔書褒悼陳少陽贈官與一子恩澤，賜緡錢五十萬感涕四首〉一首：「無心聖主如天地，著意姦臣極虎狼」，亦對懦君奸臣提出控訴。在這些詩篇裡，李綱提出反和、主戰的觀點，或動之以情，「二聖未還民未靖，尚思痛哭秦囊書」（〈有感〉）；或說之以理，「誤國姦邪已竄誅，天扶翽座正宸居」（〈伏睹四月五日赦書，鑾輿反正、中外大慶，小臣有感，斐然成章二首〉）；或激之以氣，「親提貔虎三千士、力破豺狼十萬軍」（〈寄呂相元直〉）、「多少豪英志恢復、問誰先著祖生鞭」（〈道臨川按

閱兵將錢異叔侍郎賦詩次其韻三首〉),忠耿之心,表露無遺。

　　李綱議事的重點,一以伐金為主,二則以剿盜為要。在此類作品中,李綱提出的重要觀念,是「盜賊本王臣」(〈聞山東盜所謂丁一箭者,擁數萬眾臨江、破黃州,官吏皆保武昌江湖間,騷然未知備禦之策,感而賦詩〉)。在〈聞浙東方寇大作〉詩中,李綱云:「揭竿於荷鋤,皆是耕田夫……,虎兕出於柙,是誰之過歟?凶焰陵郡縣,良民遭戮屠,坐令腹心地,化為豺豸區。」認為王臣之民之所以淪為盜賊,皆因官吏凶焰而起。所以,李綱提出招盜為兵的議論:「招徠駕馭之,自足張吾軍。」(〈聞山東盜所謂丁一箭者……〉)並且獲得同僚的支持。

　　除了以詩議論時政達到諷諭目的之外,李綱也常抒發個人的政治見解在詠史詩中。

(二)詠史詩

　　龔鵬程先生《詩史本色與妙悟》中,討論到詩史的觀念,認為「詩史」,是在表達內容及表達手法上,以敘事的藝術技巧,記錄事件,而又能夠透顯歷史意義和批判。「史」跟「詩」要結合,必須在史事的敘述中,透含著詩人的評價與看法,否則,就如吳喬《圍爐詩話·卷三》所說:「古人詠史,但敘事而不出己意,則史也,非詩也。」蕭馳《中國詩歌美學·第六章》:「詠史要成為詩,就要詠懷,就要尋求隳括史傳和詠懷的統一,就要使詠史成為『比體』。」

　　在歷史事件的寄託裡,李綱擅長將自己的身世與期望,暗扣其中。例如〈次韻顧子美見示題曲江畫像〉中,前言曲江之才幹:「曲江擢秀自妙齡,國器早被燕公識,文詞贍蔚冠後來,大冊高文振鴻筆。」第三段中,又對曲氏之政治遭遇,提出概括性的批評:「蜀道艱難會相憶,至言逆耳棄不收,遣祭徒勞長歎息,古來忠讜盡如此。」對於忠讜如此下場的見解,似乎是李綱在歷經政治黑暗後,所形成的一個「定見」。在〈讀韓偓詩并記有感〉中,對於處身「閹豎擅朝政、姦雄肆覬窺」的韓偓,李綱深有「忠言雖屢貢,顛廈誠難支,謫官旅南

土，召復不敢歸」的相知相惜之情。蘆中窮士伍子胥爲吳國立功，卻爲吳王所殺的下場，亦令李綱在〈投金瀨有感〉中，發出唏噓之嘆。

在〈五哀詩〉裡，李綱以五古句法，爲屈原、賈誼、禰衡、褚遂良、杜甫作傳，對於五人的遭遇、氣節，李綱有凝聚與擴大的描寫。禰衡狂逸奔放的氣質，綱以「乃是古之狂」予以凝聚；對於賈誼少年得志的風發，李綱則從論略、詔令、籌策、正名、改朔、易服色、制定禮儀典章等不同的事件出發，予以擴張。對於屈原，則著重在不同流、不合污的精神讚揚，並且再度提出「忠臣會遇難、千古共一軌」的看法。

李綱所論之君王，有漢高祖、及楚元王，試看詩人對高祖的切入角度：

> 落魄劉郎使眾謀，無心將將卻成優，
> 誰言大度能容物，舊怨還封羹頡侯。(〈高祖〉)

在此詩裡，李綱對劉氏戮殺功臣的行徑，提出諷刺。

歷史人物作爲詩歌的素材，在精神上，也成爲詩人明志寓意的寄託。在〈題邵平種瓜圖〉中，詩之所涵，在東陵侯「歸來種瓜青門外、灌溉耕耘甘寂寞」的精神表現，以及李綱對於此種智慧的正面評價，於此也可看出李綱在進退抉擇間的心靈傾向。在〈題周孝侯廟〉、〈傳畫忠義圖〉中，藉由對古人氣節的推崇，以及澤民、施美政的崇慕，看出李綱剛正的氣質，以及爲國許身的一片眞心。

詠漢歷史事件、歷史人物之外，李綱還有〈題仁義驛范文正公所植六松〉、〈岳陽樓三首〉、〈雷廟讀丁晉公所作碑〉、〈惠州訪東坡舊隱〉……等弔古之作。弔古作品中，詩人所關注的，較傾向於個人優憤的抒發，歷史感雖不夠，但蕭馳認爲，就總體而言，則是精神與感性結合得更和諧的作品。(見《中國詩歌美學・第六章》)

在〈金陵懷古四首〉中，第三首：

> 六代興亡江上城，倦遊還向此中行，龍蟠虎踞空形勢，
> 井廢台荒爲戰爭。雲氣霏霏春雨急，煙波渺渺暮潮平，

> 商人不識前朝恨，短笛還為激烈聲。

這些思古之情，朝向感性方面發展，湧現六朝時地，興衰盛敗的大量場景。山水永恆，人事湮滅，古人的春雨、暮潮，伴著龍虎形勢，仍舊存在，但江城的興亡盛衰、井廢台荒，卻令人興起今古蒼茫之感。在〈謁寇忠愍祠堂六首〉，詩人雖以理性的筆法，寫出他對寇準的崇慕與感懷，但仍不免發出「歎息今人不如古」的今昔之情。

六、其他

（一）生活瑣事詩

繆越先生〈論宋詩〉（收錄於《宋詩論文選輯》（一））：「……韓愈、孟郊等以作散文之法作詩，始於心之所思，目之所睹，身之所經，描摹刻畫，委曲詳盡，此在唐詩為別派。宋人承其流而衍之，凡唐人以為不能入詩或不宜入詩之材料，宋人皆寫入詩中，且往往喜於瑣事微物逞其才技。」誠然，李綱詩作中，用以詠歎生活瑣事者不少，所詠之內容，則包括：早起、晏起、浴罷、理髮、濯足、食蟹（及食筍簌、枇杷……等）、煨芋、蒸栗、移花、松架蔽易以新枝、學草書、飲茶、戒酒、獲小偷、……等。

這些詩歌，由於內容題材的限制，本身即不具有波瀾起伏的戲劇效果，甚為平淡；再由於詩人述事，鉅細靡遺、委委道來，頗有枯淡之味，例如〈煨芋〉：

> 禪房坐夜腹半飢，寒爐撥火煨蹲鴟，凍膚傍煖漸舒暢，
> 展轉更覺鳴聲悲。毳衣脫落豐肌滑，玉軟酥香不勞醬，
> 芳甘著煩自生津，多病文園正消渴。……

將煨芋一事的時間、地點、緣起、動作、感受，細細寫來；這些詩歌，雖有助於我們對詩人生活的了解，但就藝術的感人力量看來，此類詩歌缺乏對人心的振鳴與感動，則為不爭的事實。尤其李綱的此類作品中，常是一筆直下，鋪敘其事，在謀篇裁句上，少有藝術的鍛鍊，造成此類詩作的平淡無奇。少數清麗、深情之作，如〈早起〉：

　　秋曉淒然枕簟涼，小窗殘月尚臨床，追尋夢境煙雲散，

　　起傍荷花風露香。概念關河心黯黯，諦觀身世意茫茫，

　　樽中有酒聊須醉，造物於人自巨量。

在瑣碎繁雜的生活詩中，李綱抓住了早起的情緒，予以抒發，並將焦
點凝聚在情緒之發生緣由；成為此類諸作的精品。

（二）文字遊戲詩

　　除了集句詩、聯句詩外，李綱亦有以律、絕、古風形式的遊戲詩。
例如：〈乘泛碧齋分韻得泛字〉、〈志宏得碧字，以詩來，次其韻〉、〈興
宗得齋字，以詩來，次其韻〉、〈次韻俞祖仁寒翠亭翠字韻〉、〈次韻志
宏寒翠亭〉、〈鄧成彥以寒字韻長句來，次韻答之〉、〈讀李白集戲用奴
字韻〉、〈再用奴字韻呈幾叟〉……等。其他次韻往返，達五、六次之
多的詩作，在性質上亦可列為文字遊戲詩。

　　此類詩作，由於有韻字的限制，對文意的發揮，難免有限制；但
由於李綱擅長古體之作，且內容多為景緻的詠歎，就遣詞用句而言，
頗有清麗之姿。例如〈志宏得碧字以詩來，次其韻〉：

　　明月照清溪，影落千尋碧，輕風皺微瀾，蕩漾搖金色；

　　相攜理桂檝，及此萬籟寂。天空露氣寒，棲鳥正縮瑟，

　　何人起秋思，數弄月中笛。……

將夜中月影，以及清寂、安靜的感覺，柔暢地寫出。又如〈次韻俞祖
仁寒翠亭翠字韻〉：「洗開松林竹、寒色靄蒼翠、……時方春雨餘，澗
水正橫潰，泉聲落亭前，散作珠點碎。」在此次寒翠亭的遊玩裡，正
是春雨過後，澗水豐沛，泉聲遠傳，有大珠小珠碎落玉盤之感官享受；
空氣的清新相信為遊客們帶來了心靈的洗禮，而蒼翠的竹林與暮色靄
合，更是視覺美感的一大享受。「蒼松拂雲雨溜溜」（〈鄧城彥以寒字
韻長句來，次韻答之〉），蒼松之高聳，由其拂雲可知；蒼松之滴翠，
由其溜雨可知，雨、雲所帶來的大地澄淨之感，也為蒼松的背景，作
了極好的烘托。

　　在此類作品中，李綱也頗有浮濫之作，例如〈次韻虢國夫人夜遊

圖〉：

> 金鞍玉勒連錢驄，車如流水馬如龍，遺簪角珥碎珠翠，
> 密炬夜入蓬萊宮。曲江宮殿春蒲柳，玉盤犀筋傳纖手，
> 坐中綽約盡天人，錦茵雲幕清無塵。……

對富貴奢華之描寫，不外「玉盤犀筋」、對女子之美，則「嫣然一笑
傾人城」、「皓齒明眸」，實爲迂陳之作。

第四章　梁谿詩的風格與特色

第一節　風格

　　李綱雖身處於南北宋交遞之際的紛亂時代，但就現存之文獻觀察，李綱的生活品質一直維持在士人的基本水準之上，亂世，並沒有為他帶來具體的傷害——從他的詩文書信裡，得見他最大的痛苦，來自於壯志的不得抒伸；日常生活中，求字、求畫、求花、飲茶、食用新果……的作品，普遍地充斥於每一年份，這些都反映了他生活的品質。《宋人軼事彙編》記載：「李綱私藏，過於國帑，侍妾歌童，極于美麗。每宴客設饌，必至百品，遇出則廚傳數十擔。其居福州也，張浚被召贐行一百二十盒，盒以朱漆銀鏤，妝飾樣致如一，皆其宅庫所有也。」此言雖不知是否屬實，但就其詩歌反映看來，其物質生活之不虞匱乏卻是無庸置疑的。

　　因此，李綱的詩作中，普遍瀰漫著一股雅致的文人情調。他詩詠的對象，梅、蘭、蟹、鷹……等，多從文人觀賞的角度出發；所詠之事件，如操舟、煨芋、蒸粟、觀畫，也是文人生活狀況之反映；「雅」，可謂此類作品之主要風格，但若沒有優渥的生活條件，相信此類詠物、詠事之作，不會以如此高雅之面貌見世。除了生活的反映外，李綱的理想，藉由情感的外放與內斂，呈現了兩種風格。一是壯志不伸，

眼見國事日非，滿腔激憤迸發出來，形成「激昂剴切」之風格；一是
激憤內斂，轉以含蓄吞吐的方式傾洩出來，形成「悲雄深婉」的風格。
風格之產生，與個人之氣質秉賦相關涉，李綱剛強的氣質，內化的涵
養，使他的詩作有雄健、雄渾之致，「雄」，可謂是其人氣質在詩歌中
的反映。

　　雄、雅之外，李綱歷煉愈老，智慧愈熟，其人格修養、生命境界，
就愈有渾和之致。去除壯年的雄健犀利後，雖仍有剴切之作以中時
弊，但渾和閑淡的生活態度，爲他的詩作帶來清麗的氣息。清，來自
於生命的灑落；麗，來自於創作態度的嚴守章法，及雅致的生活品味。
李綱風格的融會，很難明晰釐分、執著探討（任何詩人的作品都是。）
以下嘗試從「激昂剴切」、「悲雄深婉」、「清遠閑淡」、「渾和雅麗」四
種角度，分析他的一千五百三十首詩；並從此四大方向中，窺見其氣
息與生活的反映，理想與現實的衝突，以及歷煉與智慧的融合。

一、激昂剴切

　　風格不僅與秉性、學養、經歷密切相關，與當時整個時代，也是
一脈相連。欽、高二朝，抗金、剿匪的事件，便在李綱的此類詩作中，
得到大量反映。

> 憶昔廷諍駐蹕時，孤忠欲挽六龍飛，萊公讜有親征果，亞
> 父空求骸骨歸；靈武中興形勢便，江都巡幸士心違，纍臣
> 獨荷三朝眷，瘴海徒將血淚揮。(《伏讀三月六日內禪詔書及傳
> 將士榜檄，慨王室之艱危、憫生靈之塗炭、悼前策之不從，恨姦回之
> 誤國。感憤有作，聊以述懷四首》)

詩中感情，相當激烈，從回憶起筆，想起當年在朝廷諍言上諫，至今
日的流落異域；對於巡幸之事，提出指責，詩末復又與首聯相映，重
申個人荷恩之深、傷國之切。頸聯提出國事的建議，相當直接激切。
又如：

> 長沙自昔號繁雄，兵火連年一掃空，猶有江湖資險固，
> 恨無方略暢威風；旁通川陝關河遠，下視荊襄指掌中，

　　　　聖主中興當自比，無因借著感堯聰。(〈初入潭州二首〉)

　　　　哀痛綸言灑帝章，賜金贈秩事非常，無心聖主如天地，

　　　　著意姦臣極虎狼；忠血他年應化碧，英魂今日已生光，

　　　　先生憤懣誠昭雪，九死南遷豈自傷。(〈恭聞詔書褒悼陳少陽，

　　　　贈官與一子恩澤賜緡錢五十萬感涕四首〉)

此詩從國事的角度出發，言論剴切中弊，情感則相當激動深厚。

　　他另有一些作品，從民生的疾苦出發，反映了在亂世中的荒涼景
像（可參考第三章·〈諷諭詩〉）。例如：

　　　　寇騎中宵來，烈火光照天，殺人知幾何，浮屍蔽長川，

　　　　巨盜繼憑據，姦貪爭弄權，誅求到骨髓。(〈宿嶽麓寺〉)

　　　　憶昔湖南全盛日，郡都鄉村盡充實，連年兵火人煙稀，

　　　　田野荊榛氣蕭瑟，我初入境重傷懷，空有山川照旌節，

　　　　試呼耆老細詢問，未語吞聲已先咽，自從此騎犯長沙，

　　　　巨寇如麻恣馳突，殺人不異犬與羊，至今澗谷猶流血，

　　　　盜賊縱橫尚可避，官吏貪殘不可說，挾威倚勢甚豺狼，

　　　　刻削誅求到毫髮，父子妻孥不相保，何止肌膚困鞭撻，

　　　　上戶逃移下戶死，人口凋零十無八……(〈八月十一日次茶

　　　　陵縣入湖南界有感〉)

傷時感事，表現出關懷民生的深厚感情。此種感情之抒發，來自詩人仁
厚的心性及忠君愛國的理念。眼見國事日非，君臣不振，他不免迸發怒
吼，義正辭嚴地直指時弊，激烈地提出他的看法與建議；在這種無力施
為的政治環境裡，庸懦的朝政帶給人民的傷害，也令詩人心肝摧裂，為
痛苦黎民發出激動的呼吼，期盼「洒掃海內清戈鋌」(〈客有言長沙軍變，
向伯恭能彈治，規畫甚偉，適得伯恭書，亦道其事，作韻語以寄之〉)，
「只願吾皇假年月，直從襄華定中華」(〈初入潭州二首〉)。

　　此類作品，雖然針對時弊，提出剴切的看法，針對離亂現象，提
出激烈的同情，但是，感人的力量並不普遍。究其原因，竊以為：此
類慷慨之作，詩人關心的對象，主要在於國事制定的政策，對於未曾
深入接觸權力核心的廣大讀者而言，對此類作品未必能深切瞭解，而

認爲只是詩人個人激動情緒的抒發，很難獲得普遍而廣泛的共鳴；更由於詩人的筆觸從理性的思維出發，噴勃的情感已在思維的整理下，削弱了激動人心的力量。此外，礙於遭遇的不同，對於民生疾苦的探索，李綱也較難寫得深入而生動。例如〈初入潭州二首〉：「棟宇只今皆瓦礫、生靈多少委泥沙」〈崇陽道中作四首〉：「誰使干戈起，坐令民物瘡，關河成阻絕，京洛亦淒涼。」另「會須哀痛問瘡痍」、「西北流民自可悲」（〈次衡州二首〉），「天地干戈滿」（〈秋夜有懷二首〉），泛泛之筆令人覺得筆觸不夠深刻，情感不夠眞摯。

試析杜甫、元、白等人的現實主義詩歌，以民生的疾苦、詩人的實際體驗爲題材，窮民的泣訴哀告、艱苦遭遇，在詩人筆下表現得栩栩如生，鮮明的斑斑血淚，使讀者激起憤慨的情懷。而李綱，他忠君、愛國的堅貞，絕對值得吾人的肯定；雖然他也曾上陣抗敵，畢竟亂世的悲慘，沒有在他的身上烙上傷痕，相較於其他現實主義的詩人，可說是以「飽暖之身」而憐憫他人饑寒，藝術的感人力量自然削弱了。

杜甫情感的激烈，來自於生民的痛苦，李綱情感的激烈，卻來自於局勢的靡爛，君臣的不振；對於民胞物與的關懷胸襟，他是較侷限的。例如〈宿嶽麓寺〉，是一首激昂慷慨的古風，在對惡寇、巨盜的嚴正控訴後，詩末竟以「安得有志士，王道還平平，太平復舊觀，山林寄餘年」的軟弱之筆作結，相較於杜甫「何鄉爲樂土，安敢尙盤桓？棄絕蓬室居，塌然摧肺肝」（〈垂老別〉），「歌罷仰天歎，四座淚縱橫」（〈羌村三之三〉）的結尾，不禁令人氣餒。又如〈聞浙東方寇大作，道路不通，迂路由江南以歸有感二首〉，也是激烈慷慨之作，但其第一首有云：「……此身何足惜，上有高年親，骨肉幾百口，干戈已相鄰，以我此日心，知彼無辜倫，安得濟川舟，載之適通津，涉置安樂土，不知戰鬥塵。」關懷的對象，侷限於親老骨肉，解決的方法，是以舟涉親於無戰塵的安樂土，胸襟如此，慷慨激昂的氣魄、風格，因之大打折扣。

生活，沒有給李綱帶來離亂的磨鍊，關懷的筆觸，自然無法探索

到黎民百姓的傷口。然而，他的忠愛篤誠，仍然以慷烈磅礴之氣，展現在時事與古史上。例如：

> 天下兵戈正雲沸，伏龍鳳鶵那可致，掉頭自作梁甫吟，
> 壟上躬耕方得意，將軍漢裔真英雄，惠然三顧草廬中，
> 心期吻合論世故，如魚得水雲從龍，指麾顧眄定巴蜀，
> 抗魏連吳分鼎足，受遺乃在永安宮，歎息君臣難繼踵，
> 南征五月深渡瀘，上疏北伐遵遺謨，連年動眾擾關輔，
> 數戰未必非良圖，大星夜墜驚營壘，壯志雄謀嗟已矣，
> 至今魚腹淺沙中，八陣依然照江水。（〈讀諸葛武侯傳〉）

> 漢楚存亡談笑中，子房初不有其功，閉門辟穀思輕舉，
> 肯歎淮陰犬與弓。（〈子房〉）

將個人不得抒發的剛猛之氣，剴切之言，寄託在古事的批判中。藉由史事的詠歎，表達自己剴切熱烈的愛國情懷。

　　值得注意的是，在與朋儔的酬次之作中，頗多激昂之作。例如〈周元仲來自湖外，傳示崧老贈東林珪三友篇，讀之慨然，因次其韻〉：

> 粲粲襄陵翁，大嶽九世孫，文章老益奇，於道見本原。
> 我生值艱虞，慘澹風霆昏，挽翁共出力，一廓扶桑暾……

又如〈寄呂相元直〉：

> 許國精忠不計身，據鞍矍鑠邁前聞，親提貔虎三千士，
> 力破豺狼十萬軍，江表已欣迎騎氣，淮壖行慶掃妖氛，
> 勞公力贊中興業、衰病安然臥白雲。

李綱在與友朋的酬答相問間，常將心內鬱積的心志、豐富的感情，傾吐出來，所謂誠於中，形於外，激昂的氣質，自然形諸成為詩風。

　　可惜的是，他雄壯激昂的篇章，時常不能直連一氣，貫穿到底。例如前首〈寄呂相元直〉，原本氣勢浩蕩，風格激昂，詩末「衰病安然臥白雲」，卻相當無力、振作不起全詩精神，成為敗筆。又如〈次韻周元仲見寄二首〉：「凌雲健筆有神鋒，抵掌高談久不同，江上過從猶宿昔，嶠南遊歷遍西東；山川多助新詩裡，花鳥愁添老眼中，萬里歸來好同隱，竹林今只欠王戎。」頸聯雖美，但就全詩句勢、風格看

來，則未免太顯纖弱，使激昂慷慨的風格不能統一。竊以爲：李綱激烈慷慨的救國之志，與恬靜淡遠的歸隱之情，同時並爲他的兩大精神主流；此二主流，終其一生，都沒有得到完全的協調與融合——此可由他三十七歲即有「君恩若許歸田里，定卜山間老此身」（〈初到臨平見山二首〉），三十八歲有「平生志尙在丘壑」（〈再用奴字韻呈幾叟〉）；乃至於五十四歲仍有「鐵騎長驅犯帝闈，濫陪國論敢謀身，十年不得關河信，四海猶飛戰伐塵；駕馭英雄歸睿主、扶持宗社賴元臣，自慚老病無良策，徒奉藩條牧細民。」（〈次韻李西美舍人見寄二首〉），及其他〈贈羅偉政奉議〉、〈再和趙正之都運觀水戰三首〉等有心之作看出。因此，在以慷慨激昂之筆抒寫壯懷時，另一股份量等重的夙志，常在有意無意間，削弱了原本勃鬱噴發的氣勢，形成此類激昂剴切的詩作中，雄壯氣勢不夠統一的現象。

二、悲雄深婉

　　激昂剴切，是李綱「操心也危、慮患也深」的情感外發；這種情操的內斂、曲折，形諸於詩作，就是「悲雄深婉」的風格表現了。悲，來自於抑鬱的不平，雄，來自於氣質的呈現；深，是詩人感情的篤厚，婉，是情感外放時的含蓄吞吐。此類風格，佔其詩作的大部份，《四庫提要》評論他的詩文：「深雄雅健」，應該係針對此類詩作而言。例如〈清明日得家書四首·第四首〉：

　　　煙嵐飛翠蓋，鯨海泛龍舟，退避亦已遠，憑陵殊未休，
　　　包胥思慟哭，曹劌願深謀，歎息繞朝策，何人知故侯。

此詩係針對高宗南幸之事，抒發個人的感受；前四句不帶批判口氣地鋪敘陳事，卻在筆觸間自然而然地流露出個人雄渾的氣質，頸聯以包胥、曹劌自比，表達對此事件的看法，眷戀家國的深情，遂因而披露；末聯筆觸，轉向朝廷之中，嘆息無人爲已申言，裨使個人壯志得以抒伸，筆觸曲折，頗有委婉之致。此詩風格，有雄渾之氣，有委婉之情，兼之情深志篤，孤忠凋零的遭遇，令人感慨同悲。此題其他三首，也皆表現了「王屋艱危極、潸然泣老臣」的悲雄，及「海嶠無春色、江

湖有戰聲」的深婉。

「雄」與「婉」，原本是不同質性的兩種風格，一偏於剛，一偏於柔。李綱大部份的詩作，卻將此二種風格兼融交揉。試析其中原因，竊以爲：李綱的情，主要是爲家國而發，其次是個人壯志不得伸的英雄感慨，鮮少有爲愛情而發者，因此，他的愛恨悲歡，以感時憂國爲基礎，帶有時代的色彩和社會基礎，自然而然地，也帶有一股大地山河的雄豪之情了。例如：〈次貴州二首〉：

> 懷澤爲邦古鬱林，江邊邑屋樹森森，山連八桂峰巒秀，
> 地近重溟霧雨淫，歲久承平消瘴癘，時危爭戰覺幽深，
> 試謀十畝膏腴地，丹荔青蕉獲我心。

此詩從貴州的景緻起筆，森森古鬱的樹林、江邊的邑屋，頗有貴州的風味，次敘貴州的地勢與氣候；而後筆觸一轉，抒發個人行次於此的感受，詩末復道個人意欲歸隱的意志。此詩風格，以雄爲主，感情的展現，則有柔婉之致。觀其用字，爲配合貴州的山川豪氣，所用之字皆相當雄渾，首、頷聯的二十八字，幾乎字字雄壯。頸、尾聯的感情，偏向柔性、內縮，詩人在交戰激烈的生命戰場裡，回歸到這承平已久的盛鄉裡，心中的柔和、寧靜昇起，不禁興起回歸山林的志願，感情的安寧、沈靜，削弱了那股雄壯逼人的力量；然而，詩人選擇「膏腴地」、「丹荔青蕉」等字眼，代替以往泛用的「清幽境」、「桃花鄉」、「白雲流水」、「青蕙幽蘭」等顯示歸隱的意象字眼，在氣勢、風格上，皆令人有雄渾不勝之感。在感情上，此詩以柔婉爲主，在氣勢上，則以雄渾爲勝，形成此詩雄婉兼勝的風格。又如：〈次韻奉酬鄧成材判官二首〉：

> 潭泊兵戈到越山，不妨還整切雲冠，乾坤策裡空眞象，
> 龍虎爐中養舊丹，靜愛白雲歸遠岫，時邀明月下層巒，
> 此生已作長閒計，只願朝廷四海安。

此詩情緒，相當平靜、沈渾，熱烈的愛國之情，也以平直的方式抒發；然而，就全詩氣勢看來，雄渾的氣質隱隱顯露。在前四句裡，可以說是「兵戈」、「乾坤」、「龍虎」等字眼帶給我們雄放磅礴的感受；但是，

試觀頸聯，用字平和淡雅，卻依然有雄厚之致，這不得不歸之於詩人天生氣質的呈現，正是所謂的「詩如其人」了。此詩氣質，乃作者的創作心態，以深婉爲勝，但在隱約之間，詩人雄渾的氣質，仍然流露字裡行間。

　　李綱的作品也有以雄爲勝者。如：

　　平生多難豈能賢，恩許猶持閫外權，貔虎幸蒙分壯士，
　　桑榆愧已迫衰年，枕前皷角元戎報，帳下更籌契箭傳，
　　多少豪英志恢復，問誰先著祖生鞭。(〈道臨川按閱兵將錢
　　巽叔侍郎賦詩次其韻三首・第一首〉)

此詩在雄壯之外，別帶有一股欲吐不吐的深沉悲哀。又如〈中秋望月有感，寄叔易季言并簡仲輔弟〉：

　　我生端遇國步艱，出入將相三年間，功名富貴亦何有，
　　慨念四海悲汍瀾，心馳沙漠關塞遠，身墮江湖風露寒，
　　不須更問世間事，但願對月身常閑。

也是典型的悲雄之作。在以婉爲勝的作品，情感的表達較爲曲折綿切，可供讀者探索的心靈幾經轉折，表露的情懷亦較深曲，例如：

　　去歲初從海上回，重陽相與醉高墨，那因寇盜邊南土，
　　阻插茱萸共一杯，老矣但思情話切，蹙然更望足音來，
　　黃花也解知人意，故向籬邊未肯開。(〈九日諸季散處長樂外
　　邑，悵然有懷二首〉)

　　飛來聳翠一峰孤，鳳沼幽深若畫圖，釣艇謝亡難復契，
　　彈琴穎在且相娛，心閑自與親泉石，車穩何妨載酒壺，
　　萬壑千巖爭競處，不須惆悵憶東吳。(〈秋日奉陪王豐甫、許
　　子大、康平仲遊沙宿鳳池登昇山偶成二首〉)

在這些雄、婉的作品中，悲哀的基調貫穿了所有的作品，或明言，或暗藏。他爲國籌謀，爲社稷獻身的志向，從來沒有改變，這不僅是時代或教養的影響而已，更與他天生的氣質傾向有關，而今卻是「此生已作長閑計」的無奈，在這積極的外放，與消極的內斂之間，英物被壓、無力施爲的感受，化爲一股悲調，在字裡行間輕輕彈唱。例如「轉頭良友恐生分，獨鶴如何不念群，慨想平生空灑涕，追吟佳句只有

雲……」（〈許崧老賦三友篇以遺東林匡禪師，余嘗次韻和之……復追和其韻‧次群字韻長句〉），慨想平生與吟句看雲間，白描的手法、深入淺出的句子，將他纏綿深刻的傷感，交織出來，同時，藉由意象的急轉，迸發一股感人的力量。

　　眼見國事日非、現實動亂，李綱壯志未酬，抑鬱難伸的苦悶，化成心靈深處蘊藏不住的忠憤之氣，直接外發的，是「激昂剴切」的詩作；幾經吞吐，在胸臆之間反覆迭宕的，則成「悲雄深婉」之作，此種風格之詩作，佔其整體詩作的多數，同時，也是他的作品中，最自然、最具藝術感染力的作品。

三、清遠閑淡

　　中國儒人，講究用舍由時，行藏在我的人生觀；曾點提出「風乎舞雩詠而歸」的生活，成為中國士人在仕進之外的傾慕與嚮往。幼受父教，不以進退為意的李綱，在仕途受挫之際，生命的方向自然而然地轉向大自然的山水、樸素靜淡的田園生活，形成他生活歷程中，激昂雄婉之外的清遠閑淡。

　　清淡的生活情調，一則來自於生活的狀態，帶給心靈的影響──他喜歡宿居於山林院寺，或僻靜清幽的鄉間；一則來自於氣質的舒緩，使他偏好蒔花、靜坐等寧靜、優雅的生活方式。生活的方式與氣質的秉性，抒發為詩，形成詩作中清遠閑淡的風格。例如：

> 山空小寺依嵌竇，日暖幽禽轉好聲，萬箇琅玕一茅屋，
> 何當此處寄浮生。（〈邵陽道中雲巖寺〉）

> 不在山林不市朝，且將圖史當漁樵，桂花想見秋來盛，
> 香滿西風取次飄。（〈梁谿八詠‧中隱堂〉）

二詩充滿了悠閑遠淡的情調。

　　文學，是現實生活的反映，當李綱在不問世間事的狀態下，流離道途中，只得寄託情志於大地山水，謫居期間，則盡量潛融自身於家居生活的恬美中，形諸詩作，淡遠的風格於焉呈現。閑與淡，是生活的反映與呈現，清與遠，卻是主體有意的擺落，使心靈呈現直觀之後

的無情。

　　但是，試析李綱對田園的回歸，總存有一份不甘。他的天性之中，對山水的喜愛是無庸置疑的。「平生性僻愛溪山」（〈自湘鄉趨邵陽以避謗，不敢取道衡嶽有感五首〉）的自剖，詩中俯拾即是。然而，這種回歸，應該要在人事皆盡的完成之後，而非今日毀言遭黜，視山林爲無可奈何的安身之所。因此，在這些清遠閑淡的風格裡，我們發現到一種壓抑的特質：例如〈冬日閒居遣興十首〉

　　　　飄泊向江城，山居境過清，霜深猶竹色，風勁更松聲，
　　　　且盡杯中物，何須身後名，擁爐孤笑處，寒夜又三更。

　　　　（第二首）

　　　　蘭若富雲松，吾生寄此中，無心復彈劍，有恨但書空，
　　　　白菊因霜紫，青楓向日紅，晚來幽獨甚，臥聽竹間風。

　　　　（第三首）

在山居的夜裡，詩人從竹上霜色、松間風聲得來的感受，是「且盡杯中物、何須身後名」，擁爐孤笑，則在清遠之中，別帶悲憤之氣。在第三首裡，詩人明言無心彈劍、有恨書空，在白菊、青楓的向晚，詩人感受的是「幽獨甚」的淒涼，是臥聽風的心緒無聊。

　　他愛山水、田園，卻在這樣的環境裡，沒有悠遊自在的感受，原因即在於，他閑淡的回歸，是一種被迫，而非自願。他淡遠風格之產生，恐怕不純粹是心靈的有意擺落人事，空間距離的限制，使他無事可爲，應該也是此種風格產生的重要原因。被迫的壓抑，無法被山水的寧靜完全消融，形成此類風格中一種特殊的情調。

　　李綱寄託自己，在大自然的寧靜，與山水花鳥的生機裡。在淡泊明志的作品裡，閑淡的表現，同時也是他生命歷程中，自我修養的反映。在以清遠閒淡爲勝的風格作品中，早期的作品，較爲熱烈、波動，也較爲稚氣。

　　　　微月籠雲黯淡明，忽聞索索雨來聲，可憐窗外梨花老，一
　　　　夜飄殘雪片輕。（〈春詞二十首・第十五首〉）

此詩作於三十八歲，對於雨中梨花，詩人賦予了深厚的同情，及豐富的想像。

> 春夜沈沈氣倍清，殘編讀微忽三更，金缸挑盡空螯首，
> 又聽簷間雨滴聲。（〈夜坐三絕句・第一首〉）

同樣作於詩人三十八歲，在春雨的夜中讀書，試觀其豐富的感官活動，所呈露出來活潑而熱烈的生命氣息：對春夜氣息的感受、讀書，覺寺間已至三更，挑鐙、搔首、聽雨；這些行動，是年輕而熱烈的心靈，處置於安靜的環境，仍會自然而然所流露的。再看他五十歲以後的詩作：

> 行盡青山泛碧溪，湖平波穩由船移，春鴻秋燕豈人力，
> 明月清風長我隨，萬事糾紛何日了，一生襟抱有誰知，
> 落帆已到釣臺側，恰似南柯夢覺時。（五十歲・〈自水口泛
> 舟如長樂〉）

> 竹影桐陰夏日長，水花晚色淨林塘，招邀風月成三友，
> 邂逅賓朋共一觴，閒把琴書聊自樂，靜看蜂蝶為誰忙，
> 年來百念皆灰冷，願學螺川雲水鄉。（五十三・〈次韻李似
> 宗見示小圃之作二首〉）

前詩敘寫泛舟、後詩則鋪陳小圃賞花之事。安靜沈穩的感受，絕非單純地來自「百念灰冷」或「南柯夢覺」；而是胸臆之間的平穩，流露於筆端。試看第二首中，李綱對景色的接收，是水色純淨的夏日林塘，安靜無語的桐陰竹影。即使是熱情的招友共觴，仍沒有喧囂之氣，溢於言表；在琴書蜂蝶的陪襯下，我們看到的是沉穩端重的人，花圃之中熱鬧的一切，仍沒有擺落掉這種極致的安靜。再看前首的泛舟之作，詩人乘舟的感受，是湖平波穩，明月清風，淡淡的，撩撥不了湖面的風波，反而跟隨著主人翁，隨之擺動。此二詩中，展現主體強大的自我力量，故其所處境地，也在清遠閑淡之中，展現了不容撼移的沈穩力量。這是老者智慧的發散，不執著於現實、不留意於生活紛爭、冷眼看待人事糾葛，所產生的寧靜。

此風格的展現，不僅僅於事境、情境，更在物境；在一些詠景、

詠物的詩中，他常以樸素無華、質木無文的筆法，造就出清淡的風格。例如：〈嶺雲〉

> 玉潔煙輕一片深，飄然出岫本無心，
> 孤飛遠映碧天去，也解重來爲作霖。

如此擺落雕飾，不作驚人語、不出大言的筆調，別有清逸出塵之致。對於雲的描繪，以「玉潔煙輕」四字，賦予它柔淡的感覺，飄然出岫的無心，是主體遠淡心境的呈現，而這種沖澹的筆觸，不僅拉遠了主體與客體的距離，同時也將主客二體同樣兼有的清遠閑淡，表現出來。雲朵的孤飛映天，直落雕飾、直呈意象，反有清水芙蓉之致。

從這些作品裡，我們看見李綱人生境界的反映。胡應麟《詩藪·外編卷四·唐下》云：「詩最可貴者清，……清者，超凡絕俗之謂。」在仕途的挫折之後，他有意地以閑淡的生命情調，提升個人的境界，對於現實世界，他存心的擺落，終使詩作中的風格雜質得以沖淡；此外，退宿遠避的心靈狀態，使詩人的心靈與實質拉遠，多一份沈思去理晰胸中的冰炭，也多一份寬容去看待世間的紛擾，清明空靈的心，造就了詩作的「清遠」與「閑淡」，具足地將人生與詩歌結合一體。

四、渾和雅麗

楊海明先生《唐宋詞的風格學·第九章》，曾提到南宋士大夫、文人的生活興趣，認爲南宋雅致化的情調，較北宋更深。他說：「一方面，他們（南宋人）仍舊需要歌妓舞姬、聲色犬馬；另一方面，他們卻要追求『雅』。」物質條件並不窘促的李綱，自幼深受父親人文的薰陶，在生活情趣上、藝術理想上，都有雅致的追求。

在李綱的詩作中，吾人可以發現：詩歌所取的題材意象，富有濃厚的人文氣息。例如題畫、臨帖、觀景、遊園……等生活事件，詩人皆以高雅優游的筆觸完成；其次，在創作態度上，詩人以嚴守章法的方式進行創作，造就詩歌中「雅麗」的風格。雅，是詩人生活情趣的展現；麗，則是詩人謹守法度，質實情、質實景而作時，雅致生活自

然、無意的流露。例如：〈雜興三首・第一首〉

> 日出霜晴鳥雀呼，束裝還復戒征途，黃牛傍岸將孤犢，
> 花鴨浮溪引眾雛，橋斷水寒尋野艇，路迷山曲問田夫，
> 遠遊看盡溪山景，待自龍津畫作圖。

詩人在行旅途中所捕捉的景象，是相當豐富的。除束裝的詩人外，「日出霜晴」的氣候感受，「鳥雀呼」的聽覺感受；在視覺上，「黃牛傍岸」、「將孤犢」、「花鴨浮溪」、「引眾雛」，是動態的景緻；「橋斷」、「野艇」是靜景，「路迷」、「山曲」是詩人遭遇的事件及當下的心情感受，「尋野艇」、「問田夫」，則是詩人的行動。這一連串有動、有靜的客觀情景、主觀感受，交織成一片富麗的景像，意象的交替更迭，琳琅滿目，美不勝收；而這一事件的記敘，與這些物象的捕捉，統攝於詩人意欲入畫的心理動機。觀景的心理動機是意欲入畫，在景緻的取捨上，自然以可否入畫作為標準——在詩歌創作的反覆詠索過程中，景物的色彩、形象再次經過濾篩，最後，詩歌的呈現，便有雅麗之姿了。

「雅」，是李綱的姿態，也是他的情調，在其他作品中，也可以屢屢見到他的雅情轉化為詩意。如：

> 繫纜江頭日腳沈，鱸肥酒美只孤斟，長橋千步風濤穩，
> 橫笛一聲煙水深，契闊離親寧素願，迂愚報國祇丹心，
> 遠遊自是男兒事，更把離騷細細尋。（〈吳江五首・第四首〉）
> 巖下鳴泉淅瀝飛，誰知山店亦幽奇，已過野橘分金日，
> 未見寒梅噴雪時，旋洗雲肪炊白玉，自挑霜菔縷青絲，
> 慇懃賦詠留巖石，他日重來覓舊詩。（〈巖石店有石泉梅橘，
> 幽雅可愛〉）

前詩的黃昏景象，雖然渲染著詩人的一片愁國之情，但是，基本情調還是富麗優雅的。江頭落日沈於腳下，可見出詩人心中的意氣與自視甚高。食肥鱸、飲美酒的孤斟詩人，他的寂寞在美景渲托下，呈給讀者的，是美腴多過於酸澀；最後，他在離騷裡，為自己的理想抱負細細尋求出路的方式，也帶給讀者一種優渥、高雅的感受。在首二句的鬱麗之後，三四句的清麗閑雅，更為全詩平添一股人文氣息。後詩的

雅麗，一則來自詩人的情懷之雅，意象之富，另一則來自於他的用字及意象安排。詩人挑選清雅之物以入詩，淙瀝的鳴泉與巖石、氣息幽奇的山店，噴雪寒梅、雲衲、白玉、霜菔、青絲；並在名詞之前，以形容詞加強全詩的雅麗之感，例如金日、野橘、舊詩、霜菔、雲衲、鳴泉……等。在其他詩作中，如：

> 燕罷虹橋絕世氛，曾孫誰見武夷君，更無煙幕空中舉，
> 時有笙竽靜處聞，猿鳥夜啼千嶂月，松篁寒鑠一溪雲，
> 洞天杳杳知何處，翠石蒼崖日欲曛。（〈慢亭峰〉）

> 旋裝新架對庭除，多謝春工與點酥，雲葉扶疏成翠幄，
> 玉花浮動滿龍須；招邀蜂蝶來書幌，燕集賓朋共酒壺，
> 陰釀欲教香人骨，醉中芳馥任歌呼。（〈小亭中作荼䕷架遂
> 試新花與客對飲〉）

也都可以看出詩人運用形容詞修飾名詞，利用綿密景物與豐富的意象交襯，呈現出文人雅士的生活形態、日常事件，以及生活上個人以雅為尚的主觀審美標準，呈現詩作風格中的雅麗韻味。

李綱的雅麗情致，並沒有帶給讀者華麗綺靡的感受，反而有渾融圓合的天成之姿。質言之，他詩中的「麗」，很渾和、很閑淡，沒有逼人之氣，宛如富家女子著素裝出場，謙和之中，藏有矜貴。例如：

> 初月明生小，眾星寒吐鋩，穿林未驚鵲，傍戶已窺床，
> 漸喜山川曉，自令風露涼，僊人貼片玉，為我賜清光。
>
> （〈新月二首〉）

筆觸的雅麗之外，別有渾和安詳的氣質，流露其中。明月初生，月芽兒與眾星的光芒如此詳和，穿林而來，不驚眠鵲，卻如此解語地傍戶窺床；星月之光，帶來了山川的明晰，風露的清涼，詩人在如此好月之中，想像不免馳騁天外，認為這片月色，是仙人在天上所貼碧玉之光輝。全詩充滿渾灝流轉之氣，大地的渾厚，月夜的清涼，令人產生一股舒適的氣質。

這種渾厚、詳和的流露，來自於他生命境界的歷煉。抑鬱之餘，他的心理傾向在寂靜冷清中品味反思，融合出儒家的人生志趣、在不

執不戀的佛老思維中；再加上他往年戰場上鍛鍊出來的雄剛之氣，在沈潛含斂之後，融涵在圓通的精神外殼中，奉時恭默，悔咎不生，形成詩風的渾和。又如（〈春晝書懷〉）：

> 春院沈沈晝掩關，坐看雲起面前山，靜中圖史尤多味，
> 身外功名已厚顏，匣硯細磨鴝鵒眼，茶甌深泛鷓鴣斑，
> 簿書粗了無餘事，更有何人似我閒。

筆勢雄渾，恬雅欲麗，不慍不火的胸襟，帶來悠然自得的情趣。其他許多渾和兼具雅麗的詩作，集中俯拾皆是。如：

> 畫齋初泛碧谿潯，十里津平疊翠岑，拍岸煙波梅雨細，
> 連天芳草嶺雲深，愧煩斷取西湖景，憼慰傾思北闕心，
> 好是清霄山吐月，水光天影共沈沈。（〈泛碧齋序〉）

> 夢殘鐘皷報新晴，虛幌遙看曉日昇，雲外崔嵬猶負雪，
> 石間清淺欲銷冰，春歸花草蜂尋侶，巢寄簷楹燕語朋，
> 貂敝不禁寒料峭，客愁惟藉酒憑陵。（〈雪齋〉）

> 一葉輕舠漾碧流，卻憐舟子鮮操舟，急潭亂石捷難渡，
> 短檝輕橈反自由，去國飄零同泛梗，凌波超忽逐飛鷗，
> 建溪百里纏終日，過盡千巖萬壑幽。（〈自建陽泛舟至建安〉）

皆是渾和與雅麗的兼融之作。在雅麗、雄渾之外，和暢的氣息，反映出詩人胸中海闊天空、無憂無懼的情懷。也正因如此，他的雅麗之作，鮮少綺靡之風。邱壑之間，別有天地，山川海岳的渾壯，涵融在他無慍無火的修養中，如春風流水，帶來一股自然而成的詳和條暢。

　　上述的四種風格，在李綱的詩作中，時常融合兼具，難以釐清，然而，這正是大家風範的表現：在萬象紛呈的思想情感中，雜揉出當下心中的悲喜與嚮往，呈現出不同的藝術美感與風格。下列所舉詩作，則是逸出上述四項風格之外的，如：

> 雙鯉從來丙穴東，霜刀縷切膾花紅，銀絲藿葉自爭巧，
> 玉筯金盤未覺空，德飽姜侯情已重，詩成杜老志應同，
> 秋風笠澤鱸尤美，何日扁舟入手中（〈偶得雙鯉付廚作鱠，
> 以薦一觴〉）

崎嶔歷落眞可笑，飄泊流離初不羞，蒼髯華髮老張鎬，
火色鳶肩窮馬周，身長九尺安所用，命酒一斗聊銷憂，
醉中起舞頗自得，慷慨不知風雨秋。(〈余久不飲酒，雨過
晚涼悠然獨酌戲成此篇〉)

冷僻生澀的字眼運用，頗有孟（郊）、韓（愈）詩風，惟其不同者，
是居移體，養移氣的李綱，去寒瘦而存豐腴。在意象上，以「銀絲藿
葉」、「玉筋金盤」來烘托鯉鱠，以「蒼髯華髮」、「火色鳶肩」來自比
詩人，令人耳目爲之生新。「霜刀縷切」句，增添全詩的繁複效果，「可
笑」與「不羞」，加強了迴復返轉的意旨表達，使此二詩無淺露之病，
乍眼看去，在雄雅風格之外，別有僻澀之味。

又如〈諸刹以水激磑磨殊可觀爲賦此詩〉：

疊石壅寒派，湍流瀉廻溪，誰將方便智，成此妙圓機，
輪輻互高下，波濤鬱翻飛，磨牙遁旋幹，磑杵紛昂低，
玉粒已粲粲，瓊花亦霏霏，雖存機械巧，利澤成博施，
試語漢陰老，使知渾沌非，惟當善用心，功與天地齊。

亦是雄渾之外，別見險怪。

〈秦少游所書詩詞跋尾〉文中，綱評觀云：「少游詩字，婉美蕭
散，如晉宋間人，自有一種風氣，所乏者骨格耳。」今以「蕭散」二
字喻綱之詩風，則是清新無墨的文句中，透露著詩人瀟灑自放的情
懷，及閒散不拘的自在。例如〈次韻和淵明飲酒詩二十首·第二首及
第三首〉：

醉中忘萬物，一視淵與山，墜車神不驚，莊周非寓言，
是鄉豈華胥，逸樂不記年，誰能造其域，勿爲薄俗傳。

世俗愈澆薄，惟酒陶眞情，如何避世士，更如酒自名，
嗟我方遠謫，慷慨念平生，酌此一壺酒，寵辱那復驚，
醉中露天機，往往以詩鳴。

此二詩中，氣勢沈穩，卻意態舒緩、風格閒散，頗有清風拂岳之致，
隱約之中流露出「是眞名士自風流」的氣息。又如：

天地一逆旅，於焉寓此生，羣陰慘將暮，共愛九日名，
氣清霜露肅，天朗山川明，月户譪夜色，風林颯秋聲，

> 東籬菊有華，可以延我齡，采采金瑣碎，泛此玉觴傾，
> 一醉遺萬物，況復軒裳榮，淵明骨已朽，千載同茲情，
> 時危丹砂遠，歲晏將何成。（〈次韻淵明九日閒居〉）

以樸素無華的筆觸，將陶然自適的和諧，寄託在夜色山川裡，而個人的情志也因筆致的蕭散，帶給讀者更廣闊的自由與想像。

另有一種樸拙的風格，頗可展現李綱篤厚無華的性格。例如〈和淵明飲酒詩二十首・第十四、十五首〉：

> 吾年行四十，意氣非少時，世故茫不識，惟好古人詞，
> 篇章自娛悅，適意良在茲，此外付之拙，直道不復疑，
> 黃卷千萬言，聖賢豈吾欺，世事皆分定，飲酒姑安之。

> 萌心皆拙謀，遊世用直道，樂天吾何憂，發憤不知老，
> 惟有杯中物，可以慰枯槁，三杯頗生紅，便覺顏色好，
> 麴生端可友，金玉非吾寶，醉中亦慨然，志節還表表。

以及〈著迁論有感〉的第一段：

> 長笑梁谿翁，平生有餘拙，於今欲行古，無乃亦癡絕，
> 施之廊廟間，放步足已跌，下帷更潛思，又復廣陳說，
> 從來坐言語，得謗今未歇。……

直言明告的口氣，不假雕琢，無城府、無心機的憨直之態，如「三杯頗生紅，便覺顏色好」、「黃卷千萬言，聖賢豈吾欺」，帶來全詩一股清新樸拙的可喜氣息。「世故茫不識」、「萌心皆拙謀、遊世用直道」，同時也應是此種樸拙風格之所以產生的心理背景。

第二節　特色

前人談到宋詩的特色，多以「好議論」、「散文化」、「言理不言情」……等語述之。群體特色，是從各別的個體特徵歸析統合而來，從李綱的詩中，我們的確可以看到宋詩特徵的展現。本節擬就李綱詩歌之所示現，將其個人特色歸析如下：

一、幾無兒女之語

　　李綱詩中，有社稷之情、鄉園之情、朋友之情、但千餘首詩歌中，
幾無一語及兒女私情者。此種現象，可能與他理學家的文論觀相關。
在〈古靈陳述古文集序〉中，綱提出「文以德為主，德以文為輔」的
理念，並且強調詩文的「實用」性質（參考第八章第一節），此與二
程、楊時「重道輕文」的脈絡，實有相通之處〔註1〕。因此，李綱詩
作中，情感的抒發大都不離家國社稷，即使是哀婉鬱深者，仍能跳脫
純粹個人的愛恨悲歡，導詩歌之主旨，進入他心志之所在。例如：

> 竹屋茅簷三四家，土風漸覺異中華，碧榕枝弱還生柱，
> 紅荔春深已著花，社鷰不巢南候別，塞鴻無信北音賒，
> 海山此去猶千里，會見安期棗似瓜。（〈象州道中二首〉）

> 憂患餘生日杜關，幅巾青顧得開顏，虛堂把酒延佳月，
> 小閣哦詩對遠山，子學鯤鵬將海運，我同猿鶴且雲閑，
> 都城故舊還相問，為道衰頹鬢已斑。（〈送韓茂遵解元赴試南省〉）

個人以為，李綱最能放下英雄身段、以柔軟情懷抒寫的一首詩，是〈得
梁谿家書，報黃氏女生外孫〉：

> 恍底朝來鵲噪門，家書遠報女生孫，須知鍾慶由先德，
> 故使遺芳衍後昆，肌骨遙憐凝玉雪，風光自與茁蘭孫，
> 何時歸去親懷抱，華髮褒衣更覺尊。

在一向威嚴莊重的儀容之後，他憐女惜孫的真情，如此平易而單純地
流露出來，此種不抬高、不壓抑的心情，十分真摯，令人感動。此外，
在一些得家書、憶骨肉兄弟的作品中，情感的表達雖然真切，然而焦
點所在，仍不免以家國王室為主，鮮少全首以個人私情作為詩歌主
旨。例如：〈自海陵泛江歸梁谿作〉的最後一段：

> 只今餘孽尚充斥，努力廟筭宜哀矜，
> 裹包兵革不復用，坐使四海還康寧。

此詩作於三十九歲，是結束沙陽的流離之後，歸鄉所寫。詩中雖有「家
山在望已可喜」的喜悅表露，然而筆觸的著重，實在於四海的和靖，

〔註1〕參考劉大杰《中國文學發達史・第十七章》，〈宋代的社會環境與文
　　　學發展・道學家的文學觀〉。

與詩人的憂國之思。又如〈得梁谿書寄諸弟二首〉：

> 一紙書來抵萬金，天涯慰我念家心，
> 只今王室猶如此，回首來吳涕作霖。

從家書的安慰裡，詩人興起的感情，最終仍以「王室猶如此」為結——實際上，家書引起的感情，絕不僅侷限於家國之思而已，它足以安慰詩人的「念家心」，可見李綱在王室之外，別有一股想家、念家的私情，然而這種感情，詩人常不明說，反而以家國社稷的大情大愛予以包掩。

究其心理，個人以為，是李綱「以天下興亡為己任」的使命太過沈重，造成他的生活上、心情上，時時、處處以家國為念，不敢置個人憂樂於家國之前，另一方面，則可能是他的天生性格中，不善於探究自我的感情，對於內心深處的情感脈動，釐不清源何、為何、遂將一切感情，歸結到家國社稷之中。

二、多用虛字

李東陽《懷麓堂詩話》：「詩用實字易、用虛字難，盛唐善用虛，其開合呼喚，悠揚委曲，皆在於此。用之不善，則柔弱緩散，不復可振，亦當深戒。」虛字的使用，頗有觸媒的作用，虛字用得好，可使全詩氣脈流轉，使作者之神態畢出。例如：〈讀劉向傳〉：

> 晝觀書傳夜觀星，感憤陳辭出至誠，
> 梓柱指明王氏切，優柔不斷豈能行。

全詩皆用實字；最末句的「豈」字，使剛硬無折的氣息，有流轉餘紆的空間，詩人的意旨，因之流動有神；同時，「豈」的使用，使末句的疑問句法強化了前三句的評析，一迂一曲之下，此詩可供探索的空間因之增廣。

虛字的使用，固能旋轉詩意，使氣息流盪。然而使用太過，則使全詩結構柔弱緩散，沒有力量。李綱詩中，使用虛字的情形，相當普遍、廣泛。例如：〈玉局有云，南方氣候不常，菊花開時即重陽，涼天佳月即中秋，不須以日月斷也。予來沙陽中秋前數夕，月色皎然，

既望乃雨。九日既近，菊藥如珠，殊無開意，乃知玉局之言，誠有理也。用其語賦詩二首〉）：

> 南方氣候殊，佳月即中秋，昨者月既望，蕭蕭風雨愁，
> 安得一輪玉，清光滿溪樓，酌酒自起舞，與之相獻酬。

> 南方氣候殊，有菊即重陽，九日今已近，青藥未可嘗，
> 安得黃金花，泛此白玉觴，會當爛漫開，爲插滿頭香。

第一首的「即、者、安得、自、之」，第二首的「即、己、未可、安得、此、會當」等字，皆爲虛字，短短四十字內，虛字如此之多，形成結構的鬆散及文氣的緩弱。此固然與「用其語賦詩」有關——爲了加強說話時的姿態、語氣，口頭語言爲了氣勢的流轉，虛字必定較書面語爲多；李綱引口語賦詩，虛字現象自然增多。

用口語入詩固然造成虛字多的現象，但是，創作態度與用字習慣，更是宋詩當中，虛字頻繁的重要原因。吉川幸次郎《宋詩概說‧序章——寧靜的追求》提到：「寧靜安祥的心境，可說是宋詩重要的基調之一。……他們企圖培養寧靜的心境，以便超然地、周詳地、細膩地觀察、理解，並表現變化多端的世態人情。」因此，在用筆上，舒緩的虛字，可以在綿密的意象之中，製造轉折、或停留想像的空間，加強詩歌涵演深遠的味道。擬以王安石〈半山春晚即事〉詩，作爲說明：

> 春風取花去，酬我以清陰，翳翳陂路靜，交交園屋深；
> 床敷每小息，杖履亦幽尋，惟有北山鳥，經過遺好音。

此詩描寫山居幽靜的生活。高步瀛《唐宋詩舉要》評云：「寓感憤於沖夷之中，令人不覺。」感憤與沖夷固然是文人創作時的心態，但「以、每、亦、惟有」等虛字，在意象繁複的實字之外，造出「易於意會、難以言傳」的境界，強化了詩歌的深度與廣度，同時，也因舒緩、停留之故，使感情有所平息、淡化，別造出寧靜安祥的雅淡風味。

觀諸其他宋詩，亦頗有以虛字淡化詩味的情況。李綱詩集中，更是頻見。如：

但見風來搖翠尾，那知露下渥紅英，色空須信元同體，
誰把丹青與染成。(〈紅蕉〉)

九日但孤坐，悄然無世喧，菊花殊未開，始知氣侯偏，
開軒寓遠目，相對惟青山，昏鴉已接翅，獨鶴何時還，
且盡杯中物，此外無足言。(〈和陶淵明採菊東籬下〉)

由於洗鍊的功夫不夠，虛字如此頻用，常為他的詩歌帶來淺薄之病。

三、用怪字

宋代的古文運動所造成的影響之一，是詩歌的散文化、議論化；
之二，則是推唐代韓愈至尊崇的地位。韓愈既尊，他帶給宋代的影響，
可能不僅及於文壇，更至於詩壇了。「韓公是古文的大師，是講修辭立
誠的詩人；因為歐公推尊韓公的文，介甫也是古文大師，所以他們不
知不覺都走入韓門。他們都是用立意先於造詞，內容重於外表的方法
來作文，也作詩。」(《宋詩論文選輯》(一)——曾克耑〈唐詩與宋詩〉)
因此，韓愈奇險怪僻的詩風或多或少影響著宋詩壇，是有可能的。

江西詩派，影響了歐蘇以後的宋代詩壇。至北宋末、南渡初，陳
師道(西元 1053～1102 年)、陳與義(西元 1090～1139 年)等人的
繼承與改革時，影響更達於鼎盛。陳師道〈答秦覯書〉云：「寧拙毋
巧、寧樸毋華、寧精毋弱、寧僻毋俗，詩文皆然。」其中「寧僻毋俗」
的主張，與黃庭堅「字字有來處」、「去陳反俗，好奇尚硬」(參考劉
大杰《中國文學發達史，二十章》)的精神是相通的，同時，也是江
西詩派的共同特徵之一。許顗《彥周詩話》：「作詩淺易鄙陋之氣不除，
大可惡。」亦可見出當時詩風之傾向。

就古文運動、江西詩派與李綱之詩風關係而言，目前雖沒有資料
述及之；但個人以為，就其好用怪字之特徵看來，若說李綱未受當代
文潮的影響，幾乎是不可能的。試觀其詩：

翩翾啁噪繞高簷，粒食枝棲安用貪，怒鬥不知緣底事，
敗毛輕毳落毿毿。(〈山居四感‧鬥雀〉)

靖康寇騎窺帝閽，中原慘澹生煙塵……，魚腸盤屈松檜紋，

縷金錯翠舟瑤琨，劃截犀象如羔豚，驅逐狂寇出邊垠，……
安得礪砥來峨岷，淬鋒歙鍔硎發新，霜寒水滑無齟齬，指
麾尚可清妖氛……，緹繡什襲傳仍昆，衛綰之賜何足云。(〈淵
聖皇帝賜寶劍生鐵花感而賦詩〉)

詩中許多用字，是較爲怪澀的。又如「堯豵」、「迴遭」、「翳薈」(〈自
梅趣汀行小路堯埇危甚，六月十一日宿金沙寺〉)，「娥媌夢睞」、「豹
舄瓊璫」(〈章華宮用張籍韻〉)；及其他「鼇」、「淪」、「矍」、「輈」、
「柅」、「轟」、「窂」、「芼」、「穬稏」、「藿」、「黲」、「橐」、「籜」……
等少見之字，也是李綱所常用之字。

生澀字的使用，可使文句新奇、風格厚實，同時，也可展現作者
積學的一面，就去陳腐、反流俗的角度來看，是有積極意義的。但若
使用太過，則不免造成詩風的怪澀險僻。李綱之詩，尚無險澀之譏，
主要在於：他雖然常常使用怪澀字，但在比例上，尚稱妥當，使詩歌
沒有詰屈聱牙，誨澀難懂的感覺。

四、議論化的現象

古文運動的成功，帶給宋詩壇的影響，是散文化與議論化的現
象。此外，風靡一時的蘇黃詩風，爲了廓清西崑體柔弱、華豔的風氣，
大量地以才學爲詩、以文爲詩，以理入詩。此種以文爲詩的創作心態，
使詩歌著重氣勢的渾灝流轉，在句法的鋪排上，亦如散文般，頗有起
承轉合之勢（參考第七章・第二節），例如：

我家梁谿傍，門對九龍山，山中有幽趣，遊息可忘年，
陸子泉最甘，次之即龍淵，餘波作梁谿，可溉萬頃田，
公垂讀書堂，古屋尚數間，我欲隱山下，誅茅占其前，
疏泉鑿池沼，植竹來雲煙，縱目望震澤，策杖登山巔，
神遊八極表，心跡兩超然，更結蓮社侶，遠追竹林賢。

(〈和陶淵明歸田園六首・卷十二〉)

一首詩讀下來，不論筆觸、氣勢、或鋪敘的手法，都彷律是一篇五言
句的散文。句法的表現方式，創造了詩歌中的散文及口語現象；在創

作的心態上，此種以詩歌來發表個人想法、感情的態度，更是散文現
象所以形成的原因之一。

> 有病日當醫，無垢何須洗，六解一亦亡，動容皆中禮，
> 諦觀新卷葉，成此清淨耳，悟道得圓通，教體眞在此，
> 虛含十方界，遐邇初無里，鏗然助發機，妙響非外究，
> 天人種種聲，和會歸一已，奈何物蔽之，問藥安可止，
> 通以智慧刀，渥以功德水，是病速須除，慎勿聽鄧子。
>
> （〈次韻志宏戲興宗耳疾之作〉）

> 我讀東野詩，因知東野心，窮愁不出門，戚戚較古今，
> 腸飢復號寒，凍折西床琴，寒苦吟亦苦，天光爲沈陰，
> 退之乃詩豪，法度嚴已森，雄健日千里，光鋩長萬尋，
> 乃獨喜東野，譬猶冠待簪，韓豪如春風，百卉開芳林，
> 郊窮如秋露，候蟲寒自吟，韓如鏘金石，中作韶護音，
> 郊如擊土鼓，淡薄意亦深，學韓如可樂，學郊愁日侵，
> 因歌遂成謠，聊以爲詩箴。（〈讀孟郊詩〉）

此二詩中，詩人以雄健的筆觸，抒發個人的見解與想法：前首針對興
宗之耳疾，提出以智慧修養人身的議論；後者則針對孟東野詩中的苦
吟風味提出探討，並以比喻的手法，將韓愈、孟郊的詩風作比較。

　　宋人以詩議事說理所形成之詩風，是其遭人詬病處，然而亦正爲
其長處。曾克耑〈唐詩與宋詩〉（《宋詩論文選輯》（一））云：「……
唐人已說的，他們不再說，唐人未說的，他們要說；他們苦心思索，
極力發揮，不是推進一層，便是高一層，曲折務盡，如剖芭蕉，層層
剝進，不剝到最內一層不放手，這是宋人獨到的地方，也是所以能夠
與唐人抗衡的地方。」宋人孤詣之所在，特在說理與議事，此從其他
宋人詩集中，亦可見出端倪，李綱詩中有議論化的現象，正是宋詩特
色之明顯表徵。

第五章　梁谿詞的內容分析

　　北宋中期，蘇軾所開拓的豪放詞，在當代詞苑上，以別調之姿，引起詞論家們的驚嘆。當代詞苑，有晏、歐諸人，步追五代詞風，以含蓄淡雅之筆，寫香豔柔媚之情；又有張先、柳永，以痛快淋漓的手法，寫市井之民的家常風情。不論內容、風格，或作者的創作態度，皆有柔豔婉媚的傾向。東坡詞一出，在內容上承續范仲淹的〈漁家傲〉（塞下秋來風景異），在現實生活的內容題材上初步拓寬，憑著橫放傑出之才，無意不可入，無事不可言；在風格上，則與王安石懷古嘆今的蒼勁詞篇〈桂枝香·金陵懷古〉並肩，戮力變革「詞為豔科」的局面。

　　中葉以後，徽宗以政治的力量推動大晟樂府，在思想內容上，詞人們傾向於逐步脫離現實，以滿足統治者粉飾太平的願望；在藝術技巧上，則以典雅的語言、謹嚴的格律，來表達個人纖緻的心靈活動，例如宋徽宗趙佶、萬俟詠，及李清照等人。「詞中老杜」周邦彥（王國維《清真先生遺事》），更擺落了柳詞中的市民情趣，以「迴環往復，一唱三嘆」（夏敬觀《手評樂章集》）的手法，交織情語與景語，渾灝流轉出婉約派的精工典麗，躍為當代詞壇之主流。

　　在縝密典麗、委婉有致的主體風格中，東坡的豪放詞宛如一股潛流，只能在黃庭堅、賀鑄等人的幽憂悲壯詞中，暗伏命脈〔註1〕。南

〔註1〕黃庭堅早年詞作，頗有柳永之風，在為晏幾道《小山詞》所寫的序

渡期間，國家民族的苦難，震撼了文壇，以愛國思想爲基調的現實主義文學，倏然發展，激爲熱潮。詞壇創作的內容，由對自身的關心，轉而對國家人民的關注；創作的風格，由閑適或綺豔，轉而爲慷慨激昂；此時作品，鮮明地繼承了東坡作風，突破了「詩莊詞媚」、「以詞言情」的傳統束縛，在音律的精審及字面的妥貼上，表現了大膽的創新，開啓了南宋辛棄疾愛國詞派的先河。

　　李綱可謂爲此時期慷慨悲歌的代表詞人之一。其五十四首詞之整體風格爲憂豪，整體內容爲愛國主義的現實表現。張高寬〈搴旗拓路手、繼往開來人〉評其詞作，認爲李綱之詞，專取家國興亡、匡扶社稷的重大題材入詞，例如八首詠史詞，專詠古今歷史的興衰勝敗，以策警當世；且以正面、反面、直接、間接等方式點題，呈現出家國半破的社會現實，例如〈念奴嬌・中秋獨坐〉、〈蘇武令〉（塞上風尚），便是以自身的寥落懷抱，側面點出當時國勢之令人憂心；即使是詠物詞、山水詞，亦可見出家國之情流露其中。今綜析其詞作，分從四種內容類型著手，探討李綱以愛國思想爲基調的整體內容。

第一節　詠物詞

　　綱之詠物詞有十一首，吟詠對象包括瀑布、荔枝、木犀、楊花、菊花、梅花、書傳、題畫。（其中〈一剪梅〉（數點梅花玉雪嬌）爲殘詞）。沈祥龍《論詞隨筆》云：「詠物之作，在借物以寓性情，凡身世之感、君國之憂，隱然蘊於其內，斯寄託遙深，非沾沾焉詠一物矣。」（《詞話叢編》五）。綱之詠物詞，除〈醜奴兒〉詠木犀二首外，其情志之寄託，皆不出沈氏所言。

文中，有曰：「余少時作樂府，以使酒玩世。」後來，才在東坡影響下，寫出一些風格豪邁高遠的作品，如〈定風波〉：「萬里黔中一漏天，屋居終日似乘船。」賀鑄性格放曠不羈，善以健筆寫柔情，受了蘇軾詞風之影響，有〈六州歌頭〉：「少年俠氣，交結五都雄」等意氣風發的名篇。參考程千帆・吳新雷《兩宋文學史》第五、六章。

一、詠菊

〈漁家傲‧九月將盡，菊花始有開者〉，作於詞人四十六歲，初罷相時。

> 木落霜清秋色霽，菊苞漸吐金英碎。佳節不隨東去水。誰得會，黃花開日重陽至。三徑舊栽煙水外，故園凝望空流淚。香色向人如有意，挼落蕊，金尊滿滿從教醉。

首句鋪陳出秋霽的霜寒，及草木凋零的悲涼，在眾木漸凋的時節裡，秋菊吐苞、綻放金英，正是詞人以「歲寒而知後凋」來自比志節。「漸」字，不僅象徵花朵的愈開愈濃，也意指詞人愈挫愈烈的家國之志，暗與詞下小序：「九月將盡，菊花始有開者」相呼應。以「金」形容菊之色彩，以「碎」字形容菊之葉瓣，可謂詞人之匠心巧運。下片「三徑舊栽煙水外、故國凝望空流淚」二句，將全詞之哀愁渲染出來。「三徑舊栽」的舊字，蘊藏故國殘破的哀感於內；煙水本是虛幻、不可捉摸掌握之物，而「外」字又將視覺的距離拉遠，全句遂呈現出故國蒼茫的濃烈感，下句因凝望而流淚的感情也得以落實。凝望，是詞人對菊——對自己、對家國的痴忠；空，則是現實的破碎告白。

二、詠瀑布

除〈漁家傲〉外，〈江城子〉亦作於此罷相期間。

> 琉璃滑處玉花飛。濺珠璣、噴霏微。誰遣銀河，一派九天垂。昨夜白虹來飲澗，留不去，許多時。幽人獨坐石嶔攲。賞清奇、濯漣漪。不怕深沉，潭底有蛟螭。巔洞但聞金石奏，猿鳥樂，共忘歸。

以白描的手法，寫水珠之珠璣，水氣之霏微，石之嶔攲，既有白虹飲澗的實寫，又有「誰遣銀河，一派九天垂」的虛想；有幽人獨坐之景，有猿鳥共樂忘歸之情，此皆純為欣賞瀑布的直覺觀照。「不怕深沉」二句，則是在欣賞瀑布過程中，無意流露出來潛意識的內部自覺。葉嘉瑩《中國詞學的現代觀》說：「……作者雖然沒有『言志』的顯意識的用心，但卻往往於無意中流露了自己隱意識的活動。」〈感發之

聯想與作品之主題〉。「不怕」二字，便是指此。在詞人觀賞瀑布時，水石情景是其感官的顯意識活動；但在潛意識中，水底的深沈，已喚起了詞人心中對於無知的恐懼，此種恐懼，與詞人內心深處對自身、對家國前途渺茫、不可測知的憂懼相為呼應；然而詞人意志的堅毅勇敢，克服了潛意識中對水底深沈、對國家渺茫的憂懼，他沈穩而堅篤地宣告「不怕」，便將他心靈深處令人敬佩的勇敢本質流露出來。

三、詠梅花、楊花、荔枝

　　黃文吉《宋南渡詞人》第三章第六節談到宋人詠物作品興盛的原因，說：宋代理學發達，可說是宋人生活的反映，由於宋人有「萬物靜觀皆自得」的雍容態度，有「民吾同胞，物吾與也」的博愛胸襟，更有「即物而窮其理」的科學精神，因此他們很留意觀察外物，造成詠物作品的興盛。李綱有詠梅、楊花、荔枝等詞，便是此種靜觀的表現。

　　詠梅詞中，除著重於梅花的雪白、天香、嬌姿等具體形容外，「煙水籬邊、半裊青梢，橫斜疏影月黃昏」，則著重於梅花精神之孤寂表現。在〈水龍吟・次韻和質夫、子瞻楊花詞〉中，楊花，彷彿是個充滿靈性的精靈，敲醒深閨思婦對青春悵逝的感慨。「因風飄盪」「千門萬戶、牽情惹思」是楊花的性質；「飛入樓台、舞穿簾幕，總歸流水」「恨青春又過，年年此恨、滿東風淚」則是描述楊花與思婦的身世，有此相同的命運，楊花的牽情惹思，才能勾起思婦心靈的慨嘆。然而全詞並不著力於思婦的哀愁，僅以「小園長閉」「深院美人慵困」「亂雲鬢、儘從妝綴」來勾勒思婦之形象；而以「乍驚密雪煙空墜」「又誰知化作、瓊花玉屑」「小廊回處，氍毹重疊，輕拈卻碎」，敘明楊花的飄零、脆弱，對自身的不能掌握，暗暗烘托思婦的命運。楊花以客體之姿，勾起思婦的身世之歎，其「總歸流水」的一生，又為主體的身世作了鮮明的預示，頗有花人交疊，主客相融之妙。李綱亦善於利用客體的意象，喚起讀者的主觀情意，達到諷古諫今的目的。〈減字

木蘭花〉中，以「明珠乍剖」寫荔枝，「仙姝麗絕」寫楊貴妃，荔枝
與楊妃相互交織的藝術形象，便是「一騎紅塵妃子笑」的浮華奢靡，
與「宛轉娥眉馬前死」的落魄淒慘。藉此歷史事件，諷諫當今朝野不
慮國事，浮華靡爛的生活態度。文面雖寫荔枝，實則藉其意象，抒發
個人國事之見。

四、詠書傳、畫像

　　在現實生活中，人，常常會有超越現實的幻想；或者希望掙脫禮
教的規矩束縛，放肆地狂縱一下自己的言行。李綱在〈減字木蘭花・
讀神仙傳〉及〈水調歌頭・李太白畫像〉中，表露了這樣的潛在本質。
雖然仙逸、狂豪的言語行事，是李綱賦予主題人物的形象表徵，但同
時也是詞人本身豪逸的氣質，經由神仙傳、李太白畫像的呼喚，而鮮
活跳躍起來。受盡國事磨累，卻又施展不開抱負的李綱，對於「擬泛
金舟、一到金鼇背上遊」的仙逸、「八駿西巡、更有何人繼後塵」的
豪邁，自然抱有無限的懸想。「天子呼來方醉」「餘吐拭龍巾」的李白，
其人「不識將軍高貴，醉裡指污吾足、乃敢尚衣嗔」的言行，未必是
詞人所欲模倣者，但那直率無拘的形象，應是動輒得咎的李綱潛意識
中的某種渴盼，只是礙於理性的壓抑，不得實踐罷了。

　　張炎《詞源》卷下云：「詩難於詠物，詞為尤難。體認稍真，則
拘而不暢；模寫差遠，則晦而不明。」詠物之真意，不在細筆摹畫之
精神，而在藉由客觀物象的藝術感發，勾劃出創作者的主觀情志，欲
言而不能實言者。其最美好的詮釋，應是《莊子・秋水》篇：「可以
言論者，物之粗也；可以意致者，物之精也。」的境界了。

第二節　情志詞

　　一般詩詞評家，常以「言志」「抒情」二語，作為詩詞相異之涇
渭。「志」，通常指偏向道德理想性或社會現實性，有關政治、教化的
命題。「情」，則常指有關個人私生活方面（特別指兩性之間）的情思

（參見楊海明《唐宋詞的風格學・第十章》）。

自詞產生之初，便和豔情、閒愁分不開，題材範圍相當窄，加之世人有「詞爲小道」、「詞本豔科」的認識，使得詞人們認爲只有詩才能表現「兼濟天下」的大事，而詞則是「別是一家之言」，只能寫閒情逸致、離愁別恨。王國維《人間詞話》：「詞之爲體，要眇宜修，能言詩之所不能言，而不能盡言詩之所能言。」便是此意。（參見陳德〈宋代邊塞詞思考〉）。

然而，詞以小道之姿，竟能脫離詩國羽翼，蔚爲大國，原因即在於，詞以「吟詠情性」，作爲它別於詩的特質，使傳統文人長久蘊積的濃烈感情，在不能以載道之文、言志之詩抒發時，得以暢言於詞體之中（見楊海明《唐宋詞的風格學》第一章），從而造就詞風以感性委婉爲尚的審美標準。

東坡詩詞一體的作法，促使詞人們從另一種角度審視詞質。王灼《碧雞漫志》從歌辭起源的論點出發，認爲詞在本質、功能上應與詩一體化，使詞復歸傳統「言志」的傾向。試觀李綱詠懷之詞，以其主觀自我爲出發點，暢敍心之所趨的知、情、意，兼重理性的思想與感性的情思。劉勰《文心雕龍・附會篇》：「以情志爲神明、事義爲骨髓，辭采爲肌膚，宮商爲聲氣。」龔鵬程論述劉勰之「情志」，認爲「兼包理性與感性。」（〈技進於道的宋代詩學〉）李綱此類詞作，有「歸黃閣、未成圖報」之志，有「寒光委照，有人獨坐秋色」之情，可謂兼重理性與感性，故名之爲「情志詞」。

一、爲國事施展之志

〈蘇武令〉一詞，作於李綱爲相七十五天之時：

塞上風高，漁陽秋早。悃悵翠華音杳。驛使空馳，征鴻歸盡，不寄雙龍消耗。念白衣，金殿除恩，歸黃閣、未成圖報。誰信我，致主丹衷，傷時多故，未作救民方召。調鼎爲霖，登壇作時，燕然即須平掃。擁精兵十萬，橫行沙漠，奉迎天表。

此詞聲韻淒楚，名傳紹興都下。首言塞上的風高秋早，染出淒涼的季節景像，復以翠華音杳，道出徽欽二帝北擄的歷史恥辱。筆勢一轉，明言自己為社稷君主圖報的一片心志。下片起言，哀感時勢之多蹇；而後氣轉雄豪，對自己平掃燕然、橫行沙漠的期望，溢於言表，充分表露出他對國事、對自己的信心與期許。全詞有救民之志，有思君之情，有自我期許、登壇作將之志，也有寫季節蒼茫、感時傷故之情，可謂「情志交融」之詞。

〈六么令〉中，以煙澹雲闊的筆法，首先鋪陳出六代興亡如夢的低調情懷；再從此哀沈中，迸出「縱使歲寒途遠，此志應難奪」的激越聲響。此詞既有歌沈玉樹、古寺疏鐘的曠古幽情，又有江樹森如髮、漁翁滿江雪的堅忍之志，二者相兼並蓄，形成此詞既雅且正的風格。李綱為國事施展之志，亦在古今幽情的烘托中，更顯卓毅、不凡。

二、遙想舊國之情

在政治的失意裡，對故國的思念，亦會特別地深刻。後主之詞，所謂以血淚鑄之者，主要即個人承受的窮感怨慼較常人更深，對於亡國的反省及悲慟，亦較常人更為鮮明、深刻。李綱在壓抑、貶謫的歲月中，來自個人、家鄉、故國的萬般情懷，揉合一氣，寄託在家國的遙想之中。

> 萬古秣陵江國，艤舟煙岸，千里雲林。故壘高樓，凝望遠
> 水遙岑。景陽鐘，那聞舊響，玉樹唱、空有餘音。感春心、
> 六朝遺事，蕭索難尋。(〈玉蝴蝶〉)

詞中充滿江山依舊、人事全非的低沈悲咽。煙岸、雲林、遠水、遙岑的渺茫，宛如六朝遺事，不可追尋；耿眷懸念的家國之思，寄託在詞人故壘高樓的凝望，鐘響不得聞，玉樹空有音的情懷，正是詞人情思痴深的表現。「五陵蕭瑟，中原杳杳，但有滿襟清淚」(〈永遇樂〉)更將此種感情直接宣洩。憑欄凝佇的「片時萬情千意」，便是五陵中原的情意，紛聚胸中塊壘。在〈感皇恩〉裡，李綱明言「千古此時，清歡多少？鐵馬台空但荒草，旅愁如海，須把金尊銷了。」他如海的旅

愁，來自鐵馬之志的未酬，台空荒草的淒景；故國之情，眞是不言而喻。

三、追想平生之志

　　獨坐秋色，追想前塵，李綱頗有悲吟之情，高蹈之志。「江湖倦客、年來衰病，坐歎歲華空逝。往事成塵，新愁似鎖，誰是知心底。」（〈永遇樂・秋夜有感〉）此詞作於綱四十七歲時，當時高宗大赦天下，獨不赦李綱；此年李綱在流離途中，有病、多嘔，仍常致書吳敏，痛陳靖康、建炎間之得失（見年譜），在不得逞志的情況下，遂有如此低調之感慨。「誤縛簪纓遭世故，空有當時胸臆。苒苒流年，春鴻秋燕，來往終何益。」（〈念奴嬌・中秋獨坐〉）作於四十九歲的流離途中，以反省的角度追想當年的雄圖壯志，以委婉的筆致，寫今日流離歲月的蹭蹬無奈。英雄雖然不死，但壯志凋零，只存悲情，亦令人爲之扼腕嘆息。李綱在〈感皇恩・枕上〉詞中，爲自己的壯志成灰發出深沈之音：「追想平生發孤笑，壯懷消散，盡付敗荷衰草。」此笑發自於一生的追想之後，此笑眞是愴然、淒涼。

　　李綱另有激越高昂之志，發諸於詠史詞中，充滿了積極精神。此類情志詞作，以情筆發抒生平志不得用的憤懣，其哀宛之致，不下幼安〈小重山〉。

四、自我寬解之情

　　時不能容，則棄之隱去，是李綱心中自設的道路之一；但在被迫退下政治舞台之際，他目睹南宋王朝的賣國行徑，不僅義憤塡膺。在雲山深處裡，我們看到他的家國之志，仍在心頭：「秋夜永，更秉燭，且銜杯。五年離索，誰謂談笑豁幽懷。」（〈永調歌頭〉）在時勢不許英雄出頭的環境裡，詞人頻頻藉酒，以澆心頭塊壘。「醉倒不知天地大，渾忘卻，是和非。」（〈江城子〉）「勿復歎陳跡，且爲醉金杯。」（〈水調歌頭〉）在醉鄉不足以解脫時，詞人也很慶幸，有山林雲水、八荒太虛，供他擺落紅塵，忘卻俗事。在「但使心安身健，靜看草根

泉際，吟蚓與飛螢。一坐小千劫，無念契無生」（〈水調歌頭·和李似之橫山對月〉）的寧靜裡，詞人有「影照江山如畫，渾覺俗緣輕」的感受；在弋釣谿山，以甘旨及朋儕娛適的時刻裡，詞人得以「豁心脾、展愁眉，玉頰紅潮，還似少年時」（〈江城子·新酒初熟〉）。

　　李綱以酒自憐、以水山自適、以物外之觀自脫，三種情志渾融一體。在〈望江南〉系列詞中，有「一酌散千憂，顧我老方齊物論，與君同作醉鄉遊」，「左傾醪、右持螯，……會取八荒皆我室，隨節物，且遊遨」，是物外與酒的結合；「碧天雲捲，高掛明月照人懷。我醉欲眠君去，醉醒君如有意，依舊抱琴來。」（〈水調歌頭〉）則是山林與酒的結合。出世的高蹈之志，抒解了詞人鬱郁勃烈的情，此種情志的真實湧出，表現了中國文人在仕途挫折之後的普遍風貌。

　　在風雨飄搖、手足自縛的時代裡，李綱的理想、願望，無有出路，只有寄托精神於雲林山水的生機靜趣中，或藉宇宙大地的無限、永恆，淨化胸中冰炭。他濃烈的感情、胸臆滿懷的壯志，眼見國事日非的憂鬱，相互交織，而終漸趨寧靜。藉由此類詞作，可窺得李綱在揮別政治舞台後的心靈活動。

第三節　旅遊詞

　　李綱數遭眨謫，輾轉飄泊，卻沒有濃烈的放逐之愁，形諸詞作，反而具有積極、樂觀、勇敢的品質。在行旅詞中，充滿了國事的關懷，及勇往直前的毅志，顯見詞人不以個人飄泊為苦的精神；在遊賞詞裡，他對大地、四季、雲木江樹的細膩觀察、生動描摹，亦可略窺詞人消融自身於山水天地間的靈動與多情。以下擬由三種角度，探析李綱在行旅遊賞時的心靈風貌。

一、真山真水

　　李綱寫景，生動凝煉。「鱗甲千山、笙鏞群籟」（〈水龍吟〉）寫山之勻秀；「萬頃雪浪、雲濤瀰渺」（〈喜遷鶯·自池陽泛舟〉）寫海波之

壯闊。在〈望江南〉：「茅店雞聲寒逗月，板橋人跡曉凝霜」中，詞人勾繪出早春時分，晨光熹微的清寒，「茅店」「雞聲」鋪出行旅景像，曉月凝霜，板橋人跡，處處暗扣寒意，而起筆以寒字「逗」出嚴涼之意，實是詞人之巧筆。在〈喜遷鶯〉中，詞人更以雄渾之筆鋪染黃昏之美。

> 遠岫參差，煙樹微茫，閱盡往來人老。淺沙別浦極望，
> 滿目餘霞殘照。暮雲斂，放一輪明月，窺人懷抱。

此闋文字，彷彿圖畫。岫、煙、雲、樹，籠罩在一片餘霞殘照之中，渾融之美，恰如人事走到晚年，是非黑白難計較，渾沌、寧靜，斯正其美，「閱盡往來人老」，正是欣賞此景的心靈寫照；明月窺懷，也是詞人對自我的執著與堅定。在此類以大地自然為主的寫景詞中，李綱以自我的主觀情趣，玩味景致，景遂如人，有其形象之美，亦有其理性之美。

二、客情感慨

行旅途中，李綱最不能忘懷的，是家國。〈江城子·池陽泛舟作〉：「早是客情多感慨，煙漠漠、雨濛濛。……誰信家書，三月不曾通。見說浙河金鼓震，何日到，羨歸鴻。」見出家國杳杳、詞人牽掛之意。在〈池陽泛舟〉詞中，李綱更以「香草美人」的筆法，將思君之情，寄託在玉人身上，奈何「畫船片帆浮碧，更值風高波浩。」以感慨之語，寄託生平。在縱情山水之際，偶爾生出千古漁舟之志：「扁舟歸去五湖東。狎樵童、侶漁翁。不管人間，榮辱與窮通。試作五噫歌漢室，從隱逸，作梁鴻。」（〈江城子〉），而這些感觸，終究敵不過他根深蒂固的家國情深。在〈望江南〉詞中，詞人離閩北歸，明知「日行北陸冷光浮」，他仍然義無反顧，「還攬舊貂裘」，一往直前。謫客情重，泛碧齋、凝翠閣，棲雲寺、印心堂的煙雨淒涼，令人不堪回首，天地蒼茫，前途無涯，「南望甌閩連海嶠，北歸吳越過江鄉」，也令詞人興起暮雲悠悠，哀涼不勝的景像。

三、放懷樂事

仁者樂山、智者樂水，時不相容的李綱，在大地自然的懷抱裡，頗能奔放自己的心靈，與月華殘陽、白蘋紅蓼，相懷契闊。〈望江南·予在沙陽……〉詞，以江南四季爲題，充滿了浪漫、悠閒的情懷。「滿眼生涯千頃浪，放懷樂事一聲歌，不醉欲如何」是此時的生活主旨，從「紅膾斫來龍更美，白醪酤得旨兼醇」及「鱸鱠美、新釀蟻醇浮」中，確可看出李綱此時放懷樂事的生活享受。

遠離俗塵，放懷山水，可以令人精神活潑，思想樂觀。在〈江城子·再遊武夷，至晞眞館，與道士泛月而歸〉：「仙跡靈蹤知幾許，雲縹緲，石崢嶸」「羽人同載小舟輕，玉壺傾，薦芳馨。」中，我們看到詞人想法的靈動與浪漫，當風雲樹石安靜地點綴月夜時，令人常會幻想，是否害羞的精靈躲在無人的角落？李綱將這種想法具體呈現詞中。下句更將此想，落實於登舟、飲酒、玩月的遊樂之中。「遠岸參差風颭柳，平湖清淺露翻荷，移棹釣煙波。」（〈望江南·四時詞〉）中，可見得李綱逍遙、自在的情懷。同調的多季詞，首言江雪、冰響的景像，下片一轉，「茅舍竹籬依小嶼，縮編圓鯽入輕籠，歡笑有兒童」筆觸著重於富有生機、充滿歡樂的畫面，由此可反映出李綱此時的樂觀情緒，他心靈的望遠鏡向天地伸出，捕捉的是盎然與溫暖。此外，詞人性格中的寧靜沈穩，依舊寄託在水山間。「月明江靜好沈鉤，橫笛起汀洲。」（〈望江南·四時詞〉）充滿了幽靜、浪漫的氣氛，前言江面之靜，後言橫笛之起，靜動互襯的月夜，詞人沈鉤的安詳，亦是此時心情寫照之一。王兆鵬《宋南渡詞人群體研究》第八章言：「南渡詞人也標舉一個與北宋京洛氣味相對的美學範疇，即漁父家味或小家風味。」試觀李綱此類詞作，可明其言之不誣。

第四節　詠史詞

李綱的詠史詞七首（〈水龍吟·漢高口鴻門〉殘闕，[註2]），分

〔註2〕此詞原不知調名，《全宋詞》曰：「案：此首原缺調名，按調蓋水龍

別作於四十五、四十六、五十四歲，此皆李綱有感於國事，藉古今史事的諷詠，達到警誡朝野，改懦立強的目的，與一般懷古詞、思古詞不同。

韓國車柱環先生〈北宋懷古詞小考〉釐析懷古詞與思古詞，曰：

> 所謂懷古的詩詞，特色在於觸景追想，覺察今古懸殊、興亡無常，繼之以感慨的寫作手法。因此懷古之作，須有與古時人事有關的具體的現實景物做其背景。從其景物情形聯想到的古時人事，不一定是理想的政治，或者了不起的教化之類，卻大半是一場幻虛不過的熱鬧繁華之中，所表演出來的耽溺逸樂、圖王取霸一類的往事。思古則與此稍異，不一定把具體的現實景物做背景，而且所思的內容大概與古時聖賢的至治、德化以及其時的美風良俗之類有關。因此思古之類多以表露羨慕古時的幽情為常。

懷古、思古之義析是否確當，此不詳論[註3]。然可知車氏此言，認為不論懷古、思古之作，皆著重於情感的抒發。例如柳永〈雙聲子〉，藉由周覽江蘇、三吳的荒涼風景，追想舊時的繁華熱鬧，因而生出無限感慨。蘇東坡的〈念奴嬌‧赤壁懷古〉、王安石的〈桂枝香‧金陵懷古〉，都是藉今地以咨嗟慨歎之情，詞主皆非古事，而係今情。

王安石另有〈浪淘沙令〉：「伊呂兩衰翁，歷遍窮通，一為釣叟一耕傭。若使當時身不遇，老了英雄。」侃侃論談古事，表達了對古代聖君賢相的景仰和嚮往，詞中所主，古事與論述並重，情則其次。又有李冠（或以為劉潛）〈六州歌頭〉詞，詠嘆楚漢相爭中，項羽從起

吟。」今各家版本，皆以此詞為〈水龍吟〉。又，唐圭璋先生推論此詞內容是寫漢高祖劉邦之事蹟，引見張高寬〈搴旗拓路手，繼往開來人〉。

〔註3〕車柱環〈北宋懷古詞小考〉，註釋一云：「潘重規先生……以為懷古與思古之間不能有分別。從字義上講起來，當然可說懷有思義，例如《毛詩》傳、箋等古注裡面，以思訓懷的地方很多。但是以懷訓思的古注則很難找得到。古人似不以懷、思互訓。」車柱環先生針對潘氏所言，認為：「這麼一點訓詁上的前例實質上對說明詩詞類目的問題沒有多大的幫助。」

兵到失敗的事跡，全詞著重於歷史事件的呈現，彷彿一篇史傳文字。
故知，詠史詞之異於懷古、思古詞者，在於詠史詞著重於事件的呈現，
藉由事件的眞實表達，達到詞人剖析史事，以古諷今的目的。李綱的
系列詠史詞，可謂是其中典型。

一、四十五歲所作

　　〈水龍吟‧光武戰昆陽〉及〈念奴嬌‧漢武巡朔方〉二詞，作於
李綱初任宰相之時，二詞充滿光明勝利的雄壯氣息。

　　高宗於靖康二年（建炎元年）五月即帝位，綱任相職，新帝、新
相，對於國政頗有精勵圖治之雄心。由於漢光武帝的身份與高宗類
似，皆爲王祚中斷後的中興之主，因此，李綱詞中以「坐令閏位」、「南
陽自有，眞人膺曆，龍翔虎步」等語，強調高宗既爲「眞命天子」「大
宋正統」，自應有復興宋室的歷史使命與責任。他以光武帝「對勍敵、
安恬無懼」的風度，期勉高宗，做出「提兵夾擊」、「旋驅烏合」的壯
舉；同時以百萬莽軍，比喻金軍終究爲烏合之眾，「虎豹哀嗥、戈鋋
委地」的局面，勢可期待。詞末並以「復收舊物、掃清氛祲，作中興
主」語，期許高宗一統江山的大業。

　　同樣的語氣、期許，亦表現在〈念奴嬌‧漢武巡朔方〉中。漢武
帝是奠定漢代版圖疆域之人，也是主動討伐夷狄者。所以，詞中內容
傾向於漢武帝輝煌戰蹟的頌嘆：「鏖戰皋蘭、犁庭龍蹟、飲至行勛爵」
「中華強盛，坐令九狄衰弱」。詞末並以「寄語單于，兩君相見，何
苦逃沙漠」的幽默語調，強調全詞特色，令人留下深刻印像。

二、四十六歲所作

　　李綱四十五歲罷相，在四十六歲流離途中，作〈雨霖鈴‧明皇幸
西蜀〉。其它六首詠史詞，充滿了正面的鼓勵、期許，及雄壯的氣息；
此詞卻以反諷的手法，敘述明皇幸蜀的悲慘事件，用以警策高宗在罷
詞人相位之後，旋即南幸淮甸、駐蹕揚州的行動。

此詞風格婉咽，頗多字句鎔自白居易〈長恨歌〉；如「曼舞絲竹」、「華清賜浴」、「霓裳羽衣曲」、「六軍不發」……等。然而，卻在描寫楊妃柔媚華貴之際，筆勢一轉，出驚人之景像，如「花盈山谷、百里遺簪墮珥，盡寶鈿珠玉」後，緊以「聽突騎、鼞鼓聲碎」，敲碎這一片繁華昇平的夢，又如在「明眸皓齒」之後，直寫「腸斷處，繡囊猶馥。」

李綱在流離途中，不敢出以怨憤之言，然此詞之苦心深詣，一目了然。以明皇、貴妃的甜蜜美好，象徵此時看似富足昇平的南宋朝野，實旨卻以其人的不幸下場，作為苟安政策的警惕。楊妃已死，明皇「劍閣崢嶸，何況鈴聲、帶雨相續」的千古神傷，卻也令人難過。今日的偏安、不思振作，又豈不會為歷史增添悲劇的另一頁？

三、五十四歲所作

李綱此年，在點檢賑濟旱傷災民，及剿匪滅寇二事上，頗受重用。綱屢上箚子，論中興、金人失信之事，及襄陽形勝與和戰、朋黨、財用、營田等七事，亦頗得高宗嘉勞〔註4〕。此時國勢，李綱似覺大有可圖，詞中充滿積極、樂觀的鬥志。

在〈水龍吟‧太宗臨渭上〉詞中，以「古來夷狄難馴」一句，明言北方敵人之難馴，又〈念奴嬌‧憲宗平淮西〉詞中以晚唐藩鎮割據之事，對金人與劉豫等人會合，侵犯襄、鄧、信陽（今河南省）的事件，提出嚴重的警告。有別於四十五歲時，期望高宗作中興主的詞作，此時詞作重心明顯傾向裴度、謝安、寇準等英明臣將。〈念奴嬌‧同上〉中分析：裴度雖庸，但「於穆天子英明、不疑不貳」，造就了裴督全師、使威令、擒賊歸朔的成功。〈喜遷鶯‧晉師勝淝上〉中，破強敵之功，在於「謝公處畫、從容頤指。」宋代軍事勝利的最大光彩，

〔註4〕見《梁谿先生全集》卷八十一，〈論中興箚子〉、〈論金人失信箚子〉、〈論襄陽形勝箚子〉、〈論和戰箚子〉、〈論朋黨箚子〉、〈論財用箚子〉、〈論營田箚子〉。李綱生平著述頗豐，遺失者亦不少，今於文集中可考者，僅如上述。見趙效宣《李綱年譜長編》。

在澶淵之盟；此役之成功，也是在廟堂折衝無策下，寇準「叱群議」、「親行天討」所致（〈嘉遷鶯・眞宗幸澶淵〉）。無異於前的，是此期詞作同樣充滿軍事的勝利，及敵情震駭、魚循鼠伏的狼狽。以往君王英明的頌讚，至此已改爲期望君王，信任忠臣，這是爲自己、也是爲此時頗有作爲的韓世忠、岳飛進言。在〈念奴嬌・憲宗平淮西〉中，寫出英才委屈受讒的狀況，他說：「同惡相資，潛傷宰輔，誰敢分明語。」而這也是李綱一生仕宦的委屈所在。

美國約翰霍浦金斯大學的教授普萊特（Georges Poulet），曾認爲批評家不僅應細讀一位作家的全部著作，而且應盡量向作家認同，來體驗作家透過作品所有意或無意流露出來的主體意識（轉引見葉嘉瑩《中國詞學的現代觀・「興於微言」與「論世」》）。在析賞李綱四種類型詞作時，我們很容易地看到詞人有意及無意呈現出來的主體意識。在詠史詞中，李綱期望國勢奮起、朝野振作的用心，正是他有意地呈露個人願望，更是他創作此類詞作的目的。在其他藉物、藉事、藉景托詠的詞作裡，他意欲爲國施展的大志、遭讒不得重用的精神苦悶，或直抒胸臆（有意）、或藉物象聯想（有意無意間）、或藉由情、景烘托（有意無意之間），將詞人愛國思君的訊息，傳遞給讀者，令人爲之興起孤臣孽子之嘆。

就以其詞作的整體內容來看，其主要內容，是期望家國重整，掃清氛祲，例如詠史、言志之詞；在壯志不得圖謀，且遭貶黜的生涯裡，失志之心興起，故有悲憤抑鬱、藉物詠托之作，例如抒情詞及詠花詞。悲憤的力量，在詞人的心靈裡化爲兩股，一爲堅毅無悔之情，此明言於情志詞，或寄託於花草瀑布詞中；一則寄託精神於物外，放曠心靈於煙水，發高蹈之志於雲山之中，或醉鄉之間，例如旅遊詞、宴唱詞的表現，即屬此類。不論是家國之志、山河之情，或詞人個人的愁緒表達，那一股牽引詞作的生命力量——愛國情懷，正是全體詞作的精神所在。

第六章　梁谿詞的風格與特色

第一節　風格

　　李綱的五十四首詞作，寫於三十八歲至晚年。風格，是詞人氣質、個性的表徵，也是個人心情、境遇，及生活道路變化的凝聚。由於李綱詞作較少，我們很難類析出各種不同風格的詞作群，只能以憂豪爲其主導風格，從而爬梳其他面貌之詞作，歸爲從屬風格。

　　風格的產生，常受時代影響。《文心雕龍‧時序篇》：「時運交移，質文化變，古今情理，如可言乎？……故知文變染乎世情，興廢繫乎時序。原始以要終，雖百世可知也。」文學，與社會生活、學術思想、政治環境，都有密切的關係，在北宋末、南渡初的詞壇上，普遍充滿了愛國主義的精神，及駿發踔厲的風格，即與環境氣氛有密切相關。例如張元幹《蘆川詞》，《四庫提要》評曰：「其詞慷慨悲涼，數百年後尙想其抑塞磊落之氣。」評張孝祥《于湖詞》，《四庫提要》云：「忠憤慷慨，有足動人者。」其他如趙鼎〈滿江紅〉（慘結秋陰）、胡銓〈好事近〉（富貴本無心）、胡世將〈酹江月〉（神州陸沈）等，也充分地表現了豪邁氣概與悲壯情懷。李綱之詞，亦同樣充滿豪宕沈雄的氣息。

　　除了環境時代的影響，個人的性格、遭遇，亦是風格特徵產生的重要原因。張元幹〈賀新郎‧寄李伯紀丞相〉：「曳杖危樓去，斗垂天，

淪波萬頃，月流煙渚。掃盡浮雲風不定，未放扁舟夜渡。宿雁落、寒蘆深處。悵望關河空弔影，正人間鼻息鳴□鼓，誰伴我，醉中舞。十年一夢揚州路，倚高寒，愁生故國，氣吞驕虜。要斬樓蘭三尺劍，遺恨琵琶舊語。謾暗拭，銅華塵土。喚取謫仙平章看，過苕溪尚許垂綸否？風浩蕩，欲飛舉。」詞中所言，有李綱寒蘆深處，關河空影的遭遇，有醉中獨舞的堅持，也有浩蕩風中，舉翅飛揚的毅志。而最重要的，當憂國憂民的情緒，與李綱的生命深刻結合之後，「倚高寒，愁生故國，氣吞驕虜」的氣質，便成為李綱詞作風格的鮮明旗幟。

心繫故國，因而憂愁；壯懷激烈，因此雄豪。「憂」、「豪」，可謂李綱詞作之主導風格。

一、主導風格的表現

楊海明《唐宋詞史》，將南宋初期詞壇分為「傷感詞」與「憤慨詞」。憤慨詞，源自於對入侵者的強烈憤恨，故貫注了作者強烈的愛國激情，與雄壯激越的氣息。例如〈水龍吟・光武戰昆陽〉、〈念奴嬌・漢武巡朔方〉二詞中，以「虎豹哀嗥、戈鋌委地，一時休去」，寫光武擊敵之英豪；「獵取天驕馳衛霍，如使鷹鸇驅雀」，寫漢武巡朔方的雄健豪壯。其他如〈喜遷鶯・晉師勝淝上〉、〈水龍吟・太宗臨渭上〉、〈念奴嬌・憲宗平進西〉、〈喜遷鶯・真宗幸澶淵〉等詞，亦以戰爭場面及歷史人物為主題描寫，在氣勢的鋪排及人物的表現（詳見本章第二節）上，旨在激勵儒主；其壯闊雄豪之風，自是不言而明。

然而，由於敵強我弱的外在形勢，與主儒權奸的內在政局，逼使這些發慷慨之音的愛國將吏、抗金志士，不免慨多於慷了。在人材委靡、英物受壓的可悲現況下，岳飛〈小重山〉發出：「知音少，弦斷有誰聽」的悲鳴；李綱更不免發出「寒光秋照，有人獨坐秋色」（〈念奴嬌・中秋獨坐〉）的幽唱了。「對尊俎，休辭痛飲，傷志節，須且高吟。」（〈玉蝴蝶〉）極寫其情之憂痛悲傷；〈六么令・次韻和賀方回金陵懷古，鄱陽席上作〉）中，「六代興亡如夢，冉冉驚時月」，寫飽受

滄桑世故的詞人，撫昔嘆今，見月而驚，而如此憔悴易傷的心靈呈現，足見心頭憂慮之深了。「兵戈凌滅，豪華銷盡，幾見銀蟾自圓缺。」以兵戈、豪華寫昔日之壯盛，以凌滅、銷盡寫今日之沈哀，而此種人事，以月之圓缺起興，憂豪之氣，隱然而生。

又有〈喜遷鶯・塞上詞〉一首，將時代的沈寂，個人的壯懷，融煉一爐，可謂此種風格的典型代表。

> 邊城寒早。對漠漠暮秋，霜風煙草。戰口長閑，刁斗無聲，空使荷戈人老。隴頭立馬極目，萬里長城古道。感懷處，問仲宣云樂，從軍多少。縹緲。雲嶺外，夕烽一點，塞上傳光小。玉帳尊罍，青油談笑，肯把壯懷銷了？畫樓數聲殘角，吹徹梅花霜曉。願歲歲靜煙塵，羌虜常修鄰好。

此詞以邊城暮秋起言，渲染一片秋遲人老的景像。「戰口長閑，刁斗無聲」，將邊城無人的寂靜冷清寫出，呈現南宋朝廷偏安不武、令人憂心的社會現象。隴頭立馬，明言將軍不老，萬里長城古道，騁言雄志的豪壯；奈何局勢不堪，一個「問」字，道出詞人多少積鬱。下片詞風，平靜沈穩，然而雲嶺夕峰的縹緲，畫樓殘角，梅花霜曉等意象所帶來的勁哀，全是詞人悲傷憂鬱的心靈觀照，詞中將軍，負荷沈重悲傷，猶強笑晏晏，不肯泯銷壯懷，為全詞平添一股豪氣。

這些駿發踔厲、直寄其意的憂豪詞作，表現了與脂粉香澤截然不同的浩蕩正義。這是一種男子漢的豪邁胸襟，其中凝聚著對社會、對人生的深厚感情，內中既有經世濟民的懷抱，又有超越自我的境界，同時，更蘊含著自屈、賈以來，士人憂患的沈重歷史感（參見張惠民〈南宋詞學的東坡論〉）。此類詞作，出自詞人主體之才性，當他寫出自己豐富多采的人生經歷與情感體驗，將生命、人格傾注呈現於詞作中時，坦蕩磊落的胸襟、勃郁沈厚的感情，自然呈現，其詞風自然有別於婉約詞中的雌聲學語了。

然而，各種風格的兼存與交融，正如楊海明《唐宋詞的風格學》（第十二章）所言：「同一位作家，由於其處境、心情和觸發感情的

人事不同，又由於他的文學修養來自多種渠道的累積，所以在不同的創作環境中，是能夠寫出不同的風貌的作品來的。」東坡〈江城子〉有「左牽黃，右擎蒼」的豪放，亦有「不思量，自難忘」的婉約；幼安有「寶釵分，桃葉渡」（〈祝英台近〉）的昵狎溫柔，也有「縛虎手，懸河口」（〈行路難〉）的激揚奮厲，信哉此言。

清代王鵬運刻《南宋四名臣詞》，集中劉克遜評論李綱詞，曰：「諦觀熟味，其豪宕沈雄、風流蘊藉，所謂進則秉鈞仗鉞、旋轉乾坤不足為之泰；退則短褐幅巾、徜徉邱壑不足為之高者；是又世人所未之見。」故知李綱於豪宕沈雄之外，別有風流蘊藉之作。

二、從屬風格的表現

在憂豪風格之外，李綱頗有「沖淡」、「清峭」之作。

沖淡的作品，具有寧靜、祥和、深遠的美感。在〈望江南·池陽道中〉：「映水酒帘斜陽日，隔林漁艇靜鳴榔」中，充滿了沖和、寧靜的鄉村風景。酒帘二字的意象，帶起風的飄動，映水、斜陽，則交織出光影的繽爛感；隔林漁艇，開拓出視野與心靈的一片新畫面。畫面裡靜泊的漁艇、波動的海洋，引領讀者的心，伸向世界的遠處。榔林風鳴，使寧靜的一切靈動起來。萬物自在的寧靜之中，一種靈動的生機，在詞的景物中暗萌，令人展舒起天地悠悠之感。〈水龍吟·次韻任世初送林商叟海道還閩中〉：「天容海色，浪平風穩」二句，亦頗有此致。

「梗稻饗成初吐秀，芰荷雖敗尚餘香」（〈望江南〉），處於觀賞地位的詞人，在與稻、荷相對觀照的情境中，充滿和藹可親、平易近人的氣質。吐秀、餘香，是一動一靜的美好，而這美好，來自詞人物我交融的感受，情味遂特別自然、深遠。

清峭的風格，來自詞人本身清高脫俗、堅毅峻拔的性格，從李綱十四歲登牆阻敵、不取濫賞的行徑看來，詞人確實秉賦此種性格。在運命坎坷，仕場多躓的生涯裡，李綱秉此質性，發絕塵之唱，的確充

滿神骨冷然，臟腑變易的清峭之致。

> 新月出，清影尚蒼茫。學扇欲生青海上，如鉤先挂碧霄傍。
> 星斗煥文章。林下客，把酒挹孤光。斟酌嫦娥憐我老，故
> 窺書幌照人床。此意自難忘。（〈望江南〉）

全詞情味冷雋，迥絕囂塵。海色之青，已有峭絕之味，星斗與文章的
煥然光芒，帶出明亮清越之氣，而這股氣息，正是詞人在此篇章所表
現的氣質，遂令讀者眼中，生出仙風道骨之影象。下片起詞，鋪造一
片林下明月的夜輝景象，帶來「清」氣。「林下客」的身份，「把酒」
「挹」的動作，「孤光」的意象聯想，又引出峭涼之意味。詞人峭正
的風骨，置身於清寂的環境中，自然形成此詞的清峭風格。同調「一
天星月浸光鋩」句，將星月光輝的寒涼之氣，以「浸」字帶出，別具
一番肌骨俱冷的料峭之意。

「沖淡」與「清峭」，並不能概括李綱主導風格之外的所有風格。
「煙艇穩、浦潊正清秋」（〈望江南・過分水嶺〉）的沈穩清麗：「寄語
單于，兩君相見，何苦逃沙漠」（〈念奴嬌・漢武巡朔方〉）的幽默詼
諧；「寒光委照，有人獨坐秋色」（〈念奴嬌・中秋獨坐〉）的委婉幽怨；
「碧天雲捲，高挂明月照人懷」（〈水調歌頭・與李致遠、似之、張柔
直會飲〉）的遠淡；「清風明月……千里自飛來」（〈同前調・似之、申
伯、叔陽皆作，再次前韻〉）的飄逸，都是李綱文如其人的表現。人
心的憂喜悲歡，時有所變，作品的風格，又何能一語括之？

李綱詞作不多，很難明晰理出風格相同的詞作群；兼且詞人出筆
之際，情緒紛雜，未及梳理，常常造成一首詞中，風格不一或毫無風
格可言的情況，此誠爲其整體詞作的疏漏不足處。

第二節　特色

李綱之詞，以憂豪爲其風格主調，順應著時代風氣的要求，唱出
收復故土的強烈呼聲，同時，也呈現出當時詞壇的普遍風貌。

以下擬從四個角度出發，詳析此種憂豪風格之所以形成的特色：

一、戰爭場面的深刻與壯大

　　李綱之前的詞作，並無專事著筆於戰爭者。即使有，其著力之處亦不在於戰爭場面之描寫，而在於因戰而起的處境或心情。例如：

　　　旌旆滿江湖，詔發樓船萬舳艫。投筆將軍因笑我，迂儒，

　　　帕首腰刀是丈夫。（蘇軾〈南鄉子〉）

或寫因戰而起的行動表現。

　　　塞下秋來風景異，衡陽雁去留無意。四面邊聲連角起，

　　　千嶂裡，長煙落日孤城閉。（范仲淹〈漁家傲〉）

則是寫白髮將軍因戰而起的悲涼心境。

　　另有〈六州歌頭〉詞〔註1〕，描寫項羽起兵至失敗的事蹟：「秦亡草昧，劉項起吞併。鞭寰宇，驅龍虎，掃欃槍，斬長鯨。血染中原戰，視餘耳，皆鷹犬。」對於戰爭場面的描寫，已有較為深入、生動的表現，可惜僅有一首，未足名篇。

　　至李綱，運詞家之鴻筆，以客觀的史事場面為經，主觀的情緒期望為緯，描繪出壯闊雄偉、細膩深刻的場面。例如〈喜遷鶯・晉師勝

〔註1〕此詞作者，不知為劉潛或李冠。《全宋詞》載曰：「潛字仲，方曹州定陶人。舉進士。為淄州軍事推官。嘗知蓬萊縣。與石延年、李冠為友。」其詞曰：「秦亡草昧，劉項起吞併。驅龍虎、鞭寰宇、斬長鯨、掃欃槍。血染彭門戰，視餘耳，皆鷹犬。平禍亂，歸炎漢，勢奔傾。兵散月明，風急旌旗亂，刁斗三更。命虞姬相對，泣聽楚歌聲、玉帳魂驚。淚盈盈，恨花無主。凝愁緒，揮雪刃，掩泉扃。時不利、騅不逝，困陰陵。叱追兵。暗鳴摧天地，望歸路、忍偷生。功蓋世、成閒紀、建遺靈。江靜水寒煙冷，波紋細、古木凋零。遣行人到此，追念痛傷情、勝負難憑。」此詞亦收錄於李冠詞中，「冠字世英，歷城（今濟南）人。以文學稱，與王樵、賈同齊名。官乾寧主簿。有東皋集，不傳。」詞文內容與劉潛之詞大致相同，但字句順序，則稍有差別（詳見《全宋詞》第一冊第113及114頁）。詞後案曰：「《後山詩話》云：『冠，齊人。為六州歌頭，道劉項事，慷慨雄偉。劉潛，大俠也，喜誦之。』《朝野遺記》以此首為京東張李二生所作。《唐宋諸賢絕妙詞選・卷五》作劉潛詞。《詞林萬選・卷二》、《花草粹編・卷十二》並作李冠詞，未知孰是。」就個人所見之資料，《兩宋文學史》（程千帆・吳新雷著），以此詞為李冠所作，〈搴旗拓路手，繼往開來人〉（張高寬撰），則以此首為劉潛所作。

淝上〉：

長江千里，限南北，雪浪雲濤無際。天險難踰，人謀克壯，索虜豈能吞噬。……淝水上，八千戈甲，結陣當蛇豕。鞭弭周旋，旌旗麾動，坐卻北軍風靡。

以長江天險的壯闊，帶出戰爭場面的雄偉驚險，復以淝水八千戈甲的奇謀，鞭弭周旋，贏得光彩的軍事勝利。

又如〈念奴嬌‧憲宗平淮西〉：「往督全師威令使，擒賊功名歸愬。半夜銜枚，滿城深雪，忽己亡懸瓠。」〈喜遷鶯‧眞宗幸澶淵〉：「鑾輅動，霓旌龍旆，遙指澶淵道。日照金戈，雲隨黃繖，徑渡大河清曉。」二詞中，若非久經戰場者，焉能寫出滿城深雪中，夜半銜枚疾走的深刻辛苦？又焉能描繪出閃亮金戈與日輝映，黃繖隨風飄動的細膩生動？

對戰況的描寫，已從蘇軾「談笑間，強虜灰飛煙滅」（〈念奴嬌‧赤壁懷古〉）的意境，轉而為「淝水上，八千戈甲，結陣當蛇豕」（〈喜遷鶯‧晉師勝淝上〉）、「萬馬崩騰，皁旗氈帳，遠臨清渭」（〈水龍吟‧太宗臨渭上〉）的實境，主要原因即在於，李綱本人有豐富的實戰經驗及史實涵養。戰場的歷鍊，使他寫出「勒兵十萬騎，橫臨邊朔」的豪語，「半夜銜枚，滿城深雪」的實語；史實的知識，使他對「晚唐姑息、有多少方鎮，飛揚跋扈」（〈念奴嬌‧憲宗平淮西〉）、「古來夷狄難馴，射飛擇肉天驕子。」（〈水龍吟‧太宗臨渭上〉）的歷史教訓，提出嚴正的警告。

從戈甲、旌麾，到鐵馬、氈裘，乃至於南陽、皋蘭，長江、邊城，李綱所寫的，不僅僅是戰爭實況裡靜態的景、地、物；「提兵夾擊，聲喧天壤」（〈水龍吟‧光武戰昆陽〉）、「向郊原馳突，憑陵倉卒」（〈同調‧太宗臨渭上〉）、「長弓大箭，據鞍詰問」（同上），更是行陣進退中的動態描寫，一舉一動，栩栩如生，遂使戰況充滿了令人悚動的聲勢，及驚人的氣魄，造成李綱詞風中豪壯的主要特色。

二、歷史人物的表現，前所未有

　　李綱之前，僅敦煌詞中，有〈望江南·曹公德〉詞〔註2〕，歌頌
關西守將曹公之德；《全宋詞》中，載有〈六州歌頭·項羽廟〉，讚揚
項羽之事功〔註3〕。至李綱，大膽地在詞的領域裡，有系統地利用歷
史人物的特性，來表達自己的理念與抱負。綜其描寫人物之可觀，有
漢高祖、漢武帝、漢光武帝、唐太宗、唐明皇、唐憲宗、宋眞宗、謝
安、裴度、寇準、李白、楊貴妃。詞中主要以漢高祖等征戰有功的君
王來勉勵當今聖上，以明皇幸蜀的不幸，對朝野提出警告，並以謝安
等軍事人物的表現來慰勉自己、期許韓世忠。

　　在歷史人物的特寫中，李綱賦予他們英雄的共通性：神勇威正，
英明睿智，及用兵如神。例如：「對勍敵、安恬無懼」（〈水龍吟·光
武戰昆陽〉）、「獵取天驕馳衛霍，如使鷹鸇驅雀」（〈念奴嬌·漢武巡
朔方〉），是描寫上場臨敵的鎮靜無懼；「於穆天子英明，疑不貳處，
登庸裴度」（〈念奴嬌·憲宗平淮西〉），是敘說唐憲宗的英明睿智，善
用裴度；描繪謝安用兵如神的戰況，則是「阿堅百萬南牧，倏忽長驅
吾地。破強敵，在謝公處畫，從容頤指」（〈喜遷鶯·晉師勝淝上〉）。

　　在共通性外，李綱對每一位歷史人物個性的表現，也有獨特的塑
造。例如在〈水龍吟·光武戰昆陽〉詞中，對漢光武帝的描寫，先述
出身：「南陽自有，眞人膺曆，龍翔虎步。」再述其起兵：「初起昆城，
旋驅烏合。」而最重要的，是對其人風度的刻畫：「豁達大度劉郎，
對勍敵，安恬無懼。」又如〈喜遷鶯·晉師勝淝上〉詞中，對謝安從
容頤指的鋪排，先寫「長江千里，限南北，雪浪雲濤無際」的天險難

〔註2〕 此詞今存見於任半塘《敦煌歌辭總編》卷二，編號〇一〇三，出自伯
三一二八及斯五五五六卷子。詞文如下：「曹公德，爲國拓西關，六
戎盡來作百姓，壓壇河隴定羌渾，雄名遠近聞。盡忠孝，向主立殊
勳，靖難論兵扶社稷，恆將籌略定妖氛，願萬載作人君。」

〔註3〕 此詞作者，詳見註1。本段論點，參考自張高寬《寨旗拓路手，繼往
開來人—論李綱與豪放詞派》，遼寧師範大學學報，1988年第五期。
其文曰：「李綱以前的詞，包括敦煌曲子詞，人物詞甚少，偉人詞更
微乎其微。」

踚，再寫「阿堅百萬南牧，倏忽長驅吾地」的危急，而後帶出「破強
敵，在謝公處畫，從容頤指」的場面，遂把謝安的沈穩睿智活潑地呈
現出來。此外，唐太宗「據鞍詰問、單于非義」的英勇王氣；寇準在
廟堂折衝群議、力斥群臣、親行天討的堅持與勇氣；裴度在滿城深雪
中，半夜銜枚的軍令森嚴；都是對個人性格的深刻描繪。

　　值得一提的是，對於功業偉盛的漢武帝，李綱塑造其獨特個性的
角度，不在英武及神勇，而在其幽默詼諧。〈念奴嬌‧漢武巡朔方〉
詞中，「寄語單于，兩君相見，何苦逃沙漠」之上句「親總貔貅談笑
看」，已點出漢武帝用兵的神勇，如入無人之境；「單于逃沙漠」句，
則又藉單于之狼狽來反襯武帝之英勇，「何苦」二字，是武帝的寄語，
同時也是他詼諧幽默的個性表現。

　　除了英雄外，多情的明皇，仙逸的太白，在李綱筆下也別有表現。
明皇與楊妃的「曼舞絲竹，華清賜浴」相映地表現在「劍閣崢嶸，何
況鈴聲，帶雨相續」（〈雨霖鈴‧明皇幸西蜀〉）的千古傷神中；李白「詞
翰不加點、歌闋滿宮春」，「筆風雨、心錦繡」的洋溢才華，「灑面清
泉微醒，餘吐拭龍巾」（〈水調歌頭‧李太白畫像〉）的豪逸，正是李
白其人的真實表現。

　　李綱大力描摹古人，不外是藉古喻今，希望高宗能從諸多歷史事
件中，得到啓發，力圖振作。雖然高宗苟安江南，使李綱的詞作目的
落空，但李綱「以詞傳人」的成就，卻為詞壇的題材擴張，帶來了重
要影響。歷史人物從史傳散文中，走入了詩詞，李綱表現得格外成功；
而其人物性格之豪壯，遂變為詞風之主要基調。

三、宴唱詞主抒胸臆，無浮詞諛語及遊戲文字

　　劉熙載《藝概‧卷四》中，提到詞的起源與性質：「其實詞即曲
之辭。」「故詞，聲樂也。」詞既與宴樂關係密不可分，在風月情濃
的享樂環境裡，宴唱詞的表現，自是集中在「依紅偎翠、淺斟低唱」
上。例如牛嶠〈女冠子〉：

綠雲高髻、點翠勻紅時世。月如眉，淺笑含雙靨，低聲唱
小詞。

朱彝尊《曝書亭集・紫雲詞序》云：「詞則宜於宴嬉逸樂，以歌詠太
平。」即使是變「歌者的詞」爲「詩人的詞」之蘇東坡，其宴唱詞仍
然不能完全擺落歌舞酒色的基調。例如〈減字木蘭花・二月十五日夜
與趙德麟小酌聚星堂〉：

春庭月午，搖蕩香醪光欲舞，步轉迴廊，半落梅花婉娩香。

李綱的宴唱詞，除〈西江月・贈友人家侍兒名鶯鶯者〉外，餘皆能擺
落酒色歌舞、應景承諛的俗套。他生命中主要的兩種情懷，皆在宴唱
詞中完整而全面地呈現出來。

長江千里，煙澹水雲闊。歌沈玉樹，古寺空有疏鐘發。六
代興亡如夢，苒苒驚時月。兵戈凌滅，豪華銷盡，幾見銀
蟾自圓缺。潮落潮生波渺，江樹森如髮。誰念遷客歸來，
老大傷名節。縱使歲寒途遠，此志應難奪。高樓誰設，倚
闌凝望，獨立漁翁滿江雪。(〈六么令・次韻和賀方回金陵
懷古、鄱陽席上作〉)

詞從長江煙水、古寺疏鐘起興，傾瀉個人胸臆之中對家國山河的眷戀
與感懷。下片則以勃郁壯烈之氣運筆，直抒憤懑與嘆息，然而，即使
傷痕纍纍、艱辛坎坷，歸來的遷客，仍不放棄自己的堅持與抱負，縱
然寒涼、孤獨，高樓凝望的志節，仍是堅毅難奪的。〈江城子・九日
與諸季登高〉：「雲湧群山，山外海翻濤。回首中原何處是，天似幕，
碧周遭」詞中，亦是抒發個人眷懷故國的忠愛之志。在此種「酒初熟」
「左傾醪、右持螯」的宴飲歡唱中，李綱仍念念不忘國事，一字一語，
都眞實深刻地道出他的心念所繫。

在仰鬱失意、請纓無路的生涯中，李綱不得不轉高亢之志爲山林
雲水的低調。在宴唱詞裡，他曾發出「秋夜永，更秉燭，且銜杯。五
年離索，誰謂談笑豁幽懷。況我早衰多病，屏跡雲山深處，俗客不曾
來。」(〈水調歌頭，同德久諸季小飲，出示所作，即席答之〉)的悲
吟；然而迫於文恬武嬉的現實，詞人也只得以「物我本虛幻，世事若

俳諧。功名富貴，當得須是個般才。幸有山林雲水，造物端如有意，分付與吾儕。」（〈水調歌頭‧似之、申伯、叔陽皆作，再次前韻〉）開導安慰自己了。在宴唱詞中，綱有大量呈現高蹈志向的作品，例如〈水調歌頭‧同德久諸季小飲〉：「幸可山林高臥，袖手何妨閒處，醇酒醉朋儕。」〈水調歌頭‧與李致遠、似之、張柔直會飲〉：「長愛蘭亭公子，弋釣谿山娛適，甘旨及朋儕。」此種歸隱山林的志向，是李綱深謀家國之志的反面。在李綱父親（夔）謙沖淡泊的教育下，詞人本有「進退出處，士之常也」的豁達；身處於把酒言歡、各言爾志的宴唱環境中，一旦使命感與責任感稍稍消退，寄語猿鶴，偎雲枕水的念頭，自然浮上心來。同時，退隱山林也是中國讀書人無官可為時的傳統志向，李綱自是不能免俗。

　　此外，宴唱詞中關於進退出處的精闢言論，亦可視為李綱宴唱詞的特色之一。詞人在〈水調歌頭〉及〈江城子〉裡，提出「如意始身退，此事古難諧」的看法。析評此言，實為人生至理。在生命的巔峰上能夠急流湧退，贏得千古美名者，古來幾人？李綱此言之提出，亦是對自身生命的某種反省。「律呂自相召，韶濩不相諧」（〈水調歌頭〉）「物我本虛幻，世事若俳諧」（同調），更是李綱在仕官浮沈多年後的體悟與了解。對於隱退，李綱也能擺落純粹花草山林的生活，將自己的心靈空間放大，與天地相合，「會取八荒皆我室，隨節物，且遊遨」（〈江城子〉）、「醉倒不知天地大，渾忘卻，是與非」（同調）。

　　李綱個性，坦誠直率。在與友朋的宴飲唱和中，應是個敞開心靈、真心傾吐性情襟抱之人。故其宴唱詞，全以真字實語，抒發個人之所感、心志之所在，無諛詞、無浮語，亦無文字的遊戲。憂豪風格之所以形成，正因李綱以誠實寫性情，故其豪曠之氣，隱為詞風，而其憂國憂民之志，實繫詞旨，儼然成為詞風之基調。

四、花草詞一變婉約為豪唱

　　張炎《詞源》有云：「簸弄風月，陶寫性情，詞婉於詩；蓋聲出

於鶯吭燕舌間，稍近乎情可也。」初起之詞，供樂伎娛唱於酒宴間，故其體質，難脫花前月下，淺斟低唱的主軌。湯衡〈于湖詞序〉亦曰：「夫鏤玉雕瓊、剪花裁葉，唐末詞人非不美也。」試觀顧夐〈河傳〉之作：

> 曲檻春晚，碧流紋細，綠楊絲軟。露花鮮，杏枝繁，鶯囀、野蕪平似翦。

此詞描繪晚春景緻，其花草景物，莫不以柔膩纖細之筆出之，在情感的興託上，亦是婉媚有餘。

沈義父《樂府指迷》的一段話，更將詞中花草的性質直指出來：「作詞與詩不同，縱是花卉之類，亦須略用情意，或要入閨房之意……如只直詠花卉，而不著些豔語，又不似詞家體例。」李綱的花草詞風格，則打破了沈氏觀點，在花草形象的烘托裡，他突破了「豔」、「婉媚」、「花前月下」、「淺斟低唱」的藩籬，反以豪壯之氣、家國之情出之。

在〈感皇恩〉、〈漁家傲〉裡的菊花，載滿了詞人濃濃的國仇家恨。「三逕舊栽煙水外，故國凝望空垂淚」的菊花，帶給詞人清秋的霽涼，歲月的如水，以及山河依舊在，人事已全非的神傷。「一簪華髮，只恐西風吹帽」的老菊，沒有迎風生姿、花人相映的美好；花朵感染的情緒，是簪花者的驚悚自懼，放不開胸懷與身段，去享受簪花自娛的情趣。自花而化的形象，是個「旅愁如海，須把金尊銷了」的謫臣，在前塵多羼、家國遭憂的情境下，發出沈重的嘆息；而這嘆息，皆因花的傲節而起。菊花的表現，不僅僅是與芙蓉鬥馨花、或滿叢珠顆細〔註4〕而已了。它激起了詞人胸中勃鬱的情懷，這份情懷跨越了菊花所處的時間與空間，打破了原本的形象與思維，橫跨到家國半碎、壯志不酬的深沈悲哀裡。

〔註4〕晏殊〈訴衷情〉詞：「芙蓉金菊鬥馨香，天氣欲重陽。」又〈破陣子〉詞：「湖上西風斜日，荷花落盡紅英，金菊滿叢珠顆細，海燕辭巢翅羽輕，年年歲歲情。」

在李綱的荔枝詞裡，歷史教訓至爲鮮明，一字一句，處處緊扣唐朝楊貴妃所帶來的警訓。詞之題材雖然艷媚，然而李綱以將軍之筆出之，則婉媚不足，剛硬有餘。「笑醫開時，一騎紅塵獻荔枝」之語，似嫌庸濫；但以「火齊堆盤」形容荔枝鮮紅如火，堆滿盤中，以博美人一笑，倒是別出新意，更不出其人剛烈之質。詞以輕簡之筆，寫出「錦襪羅囊、猶痤當年驛路旁」、「勞生重馬，遠貢長爲千古語」的慘痛事件，確實令人悚動。在婉媚的詞題裡，李綱以諷刺與警惕作爲詞旨之要，遂使詞風擺落花前月下之面目，更爲史詞生出新意。

又如「鐵馬台空但荒草」(〈感皇恩〉)句，將豪壯悲涼的氣象鋪陳而出，打破傳統「斜陽外」、「粉牆內」草的形象，一變而爲肩荷國愁的哀草。「回首中原何處是，天似幕、碧周遭」(〈江城子〉)，更將此種哀愁，無限擴展，滿溢於天地之間。對此，張高寬〈搴旗拓路手，繼往開來人〉一文中，認爲：「婉約詞的傳統內容花草詞在李綱的筆下變成了『關西大漢』的豪唱。」

李綱憂豪風格的呈現，有時代環境的因素，也有個人遭遇的因素，近人蔣伯潛《詞曲》論南宋詞曰：「南渡以後，國勢大變，因之詞到南宋，一變而爲雄放。」龍沐勛〈兩宋詞風轉變論〉更指出了環境與詞風的關係：「自金兵入汴，風流文物，掃地都休。士大夫救死不遑，誰復究心於歌樂？大晟遺譜，既已蕩爲飛煙，而『橫放傑出』之詞風，更何有於音律之束縛？此南宋初期之作者，惟務發抒其淋漓悲壯之情懷，不暇顧及文字之工拙，與音律之協否，蓋已純粹自爲其『句讀不茸之詩』，視東坡諸人之作，尤爲解放，亦時會使之然也。」樂譜的遺佚，使音律的束縛，得到解放；時勢環境的影響，更使雄放悲憤的風格成爲文壇主流，岳飛、張元幹、張孝祥的詞風，正是此時代風格的鮮明旗幟。

李綱詞風之磅礴，除了時代的影響，他個人「先天下之憂而憂，後天下之樂而樂」的勁節屢遭打擊，亦是形成其詞風的主因。龍沐勛〈今日學詞應取之途徑〉一文，提到：「溯南宋之初期，猶有權奇磊

落之士，豪情壯采，悲憤鬱勃之氣，一於長短句發之。南宋之末遽即滅亡，未嘗不由於悲憤鬱勃之氣，尚存於士大夫間，大聲疾呼，以相警惕。如張元幹之所謂『正人間鼻息鳴鼉鼓』（〈賀新郎·寄李伯紀丞相〉）者，知當時猶有有心之士，不忍坐視顛危，而出作獅子吼也。」李綱對家國的念念不忘、日夜懸心，是他詞作的總題，藉由花草、宴唱、爭戰、古今人事的諷喻，呈現出來。豪氣，出自於李綱內在氣質上堅貞；憂鬱，來自外在環境的無力施爲，其風格特色形成之因，不出乎此。

第七章　梁谿詩詞的藝術表現

　　鏐越先生〈論宋詩〉（《宋詩論文選輯》（一））認爲：唐代詩人對
於藝術技巧的講求，在有意無意間；宋詩人則純出乎有意，欲以人巧
奪天工。龔鵬程先生〈知性的反省——宋詩的基本風貌〉（《宋詩論文
選輯》（二））也提到：宋代詩學意識，認爲詩、文是體現或傳達眞理
的器具；誠然，理學家認爲得魚可以忘筌，文不足貴，但詩人文匠則
認爲：「言之不文，行之不遠。君子之所學也，言以載事，而文以飾
言；事信言文，乃能表現於後世。」（《歐陽文忠公全集，卷六七，代
人上王樞密求先集序書》），對於筌器的力求精良，是宋人詩歌的普遍
表現。雖然，李綱的文學思想中，認爲文學以實用爲上，根定仁義最
重要（參考第八章第一節），但由藝術技巧的分析來看，李綱詩詞的
技巧則有不俗的表現。

第一節　構思

一、立意

　　一篇美好的創作，首先要在立意方面有新穎獨至的特性，才能形
成耀眼的風格與特色〔註1〕。然而，即使意旨不能新人耳目，只要烘

〔註 1〕黃永武先生《中國詩學—思想篇‧談詩的完全鑑賞》：「每一首詩，

托、提襯妥當，乃能不失爲一篇平穩達煉的好作品。

　　例如七首詠史詞中，李綱立意以此系列詞作達到激勵儒主，警戒奸權的目標，故其題材，別開生面地引史入詞，故其內容，以戰爭場面及歷史人物之表現爲主，而其風格，則充滿了激昂壯烈的表現，成爲兩宋詞史上相當受人注目的焦點之一，凡此，皆是李綱立意之新鮮特殊，所創造出的藝術特色。

　　在〈張子公以圖鑑見寄，作詩報之〉中，詩旨立意，在以圖鑑之黑白分明以自比：「冰池絕塵埃」、「冷然照肝膽」、「平生遭謗讒、白黑坐分剖」，遂使全詩內容充滿詩人處世理念的析剖，形成硬瘦清峭的風格。

　　又如〈夜坐〉詩中：
> 春夜沈沈燈影明，卷書兀坐忽三更，不知船外風多少，
> 但聽滿江波浪聲。

古往今來，夜坐不寐的原因可以很多：憂國、思鄉、憶故人、悲身世。而李綱此詩的意旨，著重於夜坐船上的茫然感覺。此詩作於詩人三十九歲行旅途中，當時國勢內憂外患，李綱至爲憂心，時常在詩文中議論時事。本詩立意，排除掉一切夜坐的背景，純就夜坐的感受作抒發：春夜沈沈，沈沈是詩人對此夜的感受，也反映了他的心情狀況；卷書兀坐，刻畫的是詩人夜坐的形象，「兀」字尤有一種痴愚茫然的感覺，表示詩人心中的沒有計劃，沒有策謀，突出了全詩的立意。忽三更，交待了夜坐的時間短長，「忽」字尤其將詩人兀坐的無神無主，拉回到現實的時空裡來。現實裡，詩人「不知船外風多少」，但是，詩人感受到了波浪滿江的聲音。詩人利用無知的狀況，兀坐的形象，表現出茫然的感覺，再用波浪的聲音，刻劃不安的氣氛。在此詩中，李綱能夠抓住夜坐船中的感受，將心裡的陰霾，藉風雨的無法掌握表達出來，場景、氣氛皆迴護了立意。

應該是一個新的面孔，陳習熟套，不可能是好詩，因此一首好詩首先要在立意方面有新穎獨至的特性。」

　　品味此詩，國運恰似一座夜航的船，牽繫著每一個人的生死存亡。遠離政治舞台的詩人，只能兀坐船中，無事可為，任憑風雨及掌舵的人來主宰一切。惡劣的時勢像滿江的波浪，然而，詩人有心，即使被迫矇上眼睛、搗住耳朵，還是感受得到。全詩意旨，從夜坐船中的單純意象衍展開來，變成國事的關心，言外之意、意外之旨的豐富，加強了全詩的藝術張力。

　　〈雙鳧〉詩的立意，則從廣闊天地中，雙鳧從容自與的精神出發，表達出詩人意在言外的生命精神。

　　　雲濤萬頃連天雨，波上雙鳧自容與，風高江闊煙水寒，
　　　日暮相將何處去。

對於雙鳧的掌握，詩人捨棄了形貌、特徵等外在描寫，但卻捉住了在蒼茫天地間，雙鳧從容自適的精神。一、三句將雙鳧所在的背景，極力深廣化，前寫環境之險惡，後寫天地之蒼茫；第二句，是雙鳧精神的表現，也是詩人精神的表現，一、三句的鋪排，主要為烘托容與的意旨，強調全詩的立意所在。末句則以疑問句法，結出雙鳧在天地間何以家為的身世感，藉此將雙鳧的精神與身世，投射到詩人身上去。

　　此詩表面，看似描述風雨中，雙鳧的從容自適，然而，題材的選擇與取捨，正是詩人的意念表現方式，「雲濤萬頃連天雨」，帶給李綱特深的感觸，因為，他所遭遇的政治險惡，恰如這傾盆的大雨；波上雙鳧的表現，是詩人的嚮往，是他自我期許的表現，也可能是他目前的自覺表現；風雨過後，隨之而來的是未來的省思，「風高江闊煙水寒」，是詩人的未來景況。日已將暮，將何去何從呢？詩人很坦然地，給雙鳧，也給自己一個問號，將自己的身世，暗暗寄託在雙鳧身上，以此作結，並留下一個廣大的空間給讀者去玩味。如此「辭斷而意屬」（何景明〈與李空同論詩書〉）的方式，跳躍性強，留下來的空白，足供讀者聯想、補充，其至再創造，頗有餘味繞樑的妙效。

　　此外，有些詩歌完全構思在一片聯想之上，例如〈五老峰〉：

　　　五峰秀出如五老，鬚髮蒼然長美好，問之不肯道姓字，儼

> 若子房從四皓……攜手江湖共幽討，化為峰石寄山巔，……
>
> 容貌至今初不槁，只因明月見當時，間有白雲來問道……

將五座山峰，想像成是小房與四皓，山樹森森想像成五老的髮鬚，青山的不語、青山的不老，詩人都賦予了擬人化的巧思。

又如〈減字木蘭花‧讀神仙傳〉詞二首，全詞之構思，亦完全建立在想像的基礎，「擬泛輕舟，一到金鰲背上遊」、「瑤池罷宴，零落碧桃香片片」。袁行霈先生〈中國古典詩歌的藝術鑑賞〉，認為：「閱讀這些詩，應當馳騁自己的聯想，由此及彼，由表及裡，才能真正欣賞它的意趣。」誠然，當我們打開想像的窗戶，徜徉在這些以聯想為構思的作品時，這些詩歌宛然便是精彩而豐富的神話故事。

詩歌風格與特徵之完成，有賴於立意之謀定；詩人意念之發動，甚至可能決定體裁之選擇、題材之取捨，或聲韻的感情。綜觀李綱作品，其立意雖不能篇篇新穎，但一些立意巧妙，味旨深厚的作品，仍然帶來相當感人的藝術力量。

二、謀篇

李綱的詩詞，長則多達二百句，一千字者（五言古風）；短則四句，二十字（五絕、五古）。如何鋪陳安排，使長詩迭宕周旋，無冗繁之嫌，使短詩跳躍靈動，無不知所云、或紕漏百出之敝，端賴於謀篇佈局之匠心獨運。

在〈垓下〉詩中，李綱的筆力著重於項羽事件的悲劇精神：

> 鴻溝已畫天下分，漢王未肯空迴軍，諸侯大會辟垓下，
> 戈甲耀日如屯雲。夜聞四面楚歌起，天命人心知去已，
> 扳山蓋世霸圖空，卻嘆當時雖不逝。帳中美人身姓虞，
> 悲歌起飲聊踟躕，數行淚下竟別去，倉皇不得同馳驅。
> 明眸皓齒為黃土，草木含愁照今古，依然聽曲自低昂，
> 豈憶平生離別苦。

首四句，將天下大勢交待清楚，同時，展現出一片雄偉豪壯的場面。次四句，則在時勢之外，復言天命己去；英雄無力可回天的悲劇精神，

才能產生感人的力量。走筆至此，項羽始終沒有正面出現詩中，讀者所能感受到的，只是項羽霸圖成空的那一聲嘆息；詩人之筆呈現的畫面，是近鏡頭的夜暮荒涼，氣氛哀沈；鏡頭遠處，是戈甲耀日，喧聲隱隱動天。

在這雄壯驚人的場面中，代替項羽而出的，是嬌柔纖弱的虞姬。虞姬悲歌、起飲、踟躕，行動中有慷慨、有壯烈，也有深情繾綣，藉虞姬一身，而有項、虞二人之悲，於其悲，詩人不用死別、反用生離來著墨，遂見得意象之突出。末四句，詩人置自身於此歷史事件的悲嘆中，人事江山，一切以明眸皓齒的美人來代言；文末總言全詩的哀境，不在江山的凋零、英雄的無路，也不在美人的黃土含愁，而在離別的苦。離別二字，敲動了無數人為英雄美人唏噓的心。試觀全詩氣勢的營造，壯、哀、婉、深，這樣驚天動地的歷史裡，只有虞姬清晰的面目登上舞台，餘皆成為背景的渲托。背景哀雄，人物委婉，形成此詩相當特別的風格。

又如〈自蕪湖江行至采石〉，在佈局安排上，句句呼應，關照得宜：

> 萬頃春江徹底清，天風不動鏡泓澄，
> 畫船安穩搖空翠，疑在琉璃地上行。

萬頃春江，呈現出的不僅是碧波萬頃，也將天廣地闊的畫面顯現出來，江水如鏡，與上句清字相扣，泓澄二字所帶來的廣闊之美，與春江之萬頃又遙相呼應。天風不動的寧靜，帶來畫船安穩的感受，搖字的出現，在這份寧靜之中，帶來悠遊的安閒；空翠所指為江水，江水之翠，與首句之清相應；江水之空，係因天光廣闊，與江水輝映，末句的「琉璃地上」，一則有清澄如鏡之感，一則有安穩之意。詩法靈活，前後左右，句句呼應，在題意的詮釋上，虛實相生，正是所謂「前不突起後不竭」的謀篇法。（《文法律梁》頁63，復文出版社）

李綱於詩佩服杜甫憂國與愛君的精神，因此，《五哀詩・唐工部員外郎杜甫》詩中，為杜甫立傳，筆觸的著重，就在杜公其人與詩的

結合。全詩六十四句，首言杜甫詩歌的地位，「有如登岱宗，眾山皆培塿」；次言杜詩的風格與內容，「蒼蒼雪中松，濯濯風前柳」、「平生忠義心，多向詩中剖」；後半部份，從杜甫的詩歌展衍開來，著重於杜甫的生平、人格，其目的在結出作者「文如其人」、「文窮而後工」的理念：「中興作諫臣，……亦足知素守」、「蕭條秦隴間，不廢詩千首」。在此詩的創作中，李綱就題生情，作者之情與題目之情洽融一氣，李綱與杜甫以詩言志、以詩表現人格與精神，或用直筆、或用曲筆，相互彌縫，補其罅隙，處處回護主題精神，形成嚴密之結構、沈穩之風格。

〈水龍吟・次韻任世初送林商叟道還閩中〉：

際天雲海無涯，徑從一葉舟中渡。天容海色、浪平風穩，
何嘗有颶。鱗甲千山，笙鏞羣籟，了無遮護。笑讀君佳闋，
追尋往事，須信道，忘來去。聞說釣鯨公子，爲才名，鶚
書交舉。高懷澹泊，柏台蘭省，留連莫住。萬里閩山，不
從海道，寄聲何處。悵七年契闊，無因握手，與開懷語。

此詞之佈置，李綱採用蓄勢破題的方式，將送別的場面，大筆揮出，無涯雲海與中渡小舟的對比映襯，提攜全詞精神，引人注目。而後以緩筆寫景，帶出詞人依依不捨的離別之情。下片脈絡，承上情而來，情中敘事，事中含情，情與事，逐段層遞，自起至訖，相互映絡，結出尾句七年契闊的感性，與「無因握手，與開懷語」的理性。

除了上述的優秀篇章，詩人也頗有浮庸之作。例如〈聞山東盜所謂丁一箭者，擁數萬眾臨江破黃州，官吏皆保武昌江湖間，騷然未知備禦之策，感而賦詩〉：

時危貴權謀，盜賊本王臣，招徠駕馭之，自足張吾軍，
逢薑固有毒，犀象亦可馴，恩威儻得所，摩拊還其淳，
光武制銅馬，曹公用黃巾，資其戰大敵，且以蘇良民。
去年議招撫，乃以此義陳，置司未閱月，來者如屯雲，
奈何力沮罷，坐使復紛紛，傳聞中原寇，鐵馬動成羣，
虎兕出於柙，玉石同其焚，京輔困抄掠，遊及江湖濱，

　　　東南久平定，郡縣無城闉，天塹非不險，誰與守要津。
　　　古來重鎮地，控扼非其人，小敵已震懾，大者當何云，
　　　人謀自迴遹，天意詎不仁，安得迴陽輝，一令四海春。

首段先言盜賊雖惡，然犀象可馴；次段則以「去年議招撫，乃以此義陳，置局未閱日，來者如屯雲」起句，筆觸則著重於暴民如虎兕出柙，所帶給天下的傷害；末段則希望有司重新考慮收賊為兵之議。立意雖好，但佈局安排上，則重點不明，形成此詩的冗雜。三大段落中，一、二段重點，應分別在於：一段主述盜賊暴起之根本原因，以博有司之同情，二段主述暴民帶給天下的傷害；但此詩之結構主題沒有釐清，以致一、二段所言，觸目皆為暴民之惡劣。二、三段重點，應在於：二段主述此議曾起，但未施行，以致有今日之禍，三段主述此議可行之處，盼有司重新考慮接受。但觀李綱之詩，二段似譏有司不明，三段則諛頌有司，若採此議，則可「一令四海春」，題意交疊處未生呼應之勢，反有冗複之敝。

　　然而，就其詩詞整體而觀，詩人大都能以起、承、轉、合的平穩規律進行創作。李綱的才性，畢竟不若李白、東坡，在規矩之外的橫放裡，李綱少有天馬飛翔的力量，創出令人詭譎稱奇的優秀作品。

第二節　修辭技巧

一、鍊字

　　劉勰《文心雕龍‧鍊字》：「善為文者，富於萬篇，貧於一字。」黃季剛先生在《文心雕龍札記》裡提到：「鍊字之功，在文家為首要。」黃永武先生在《字句鍛鍊法‧鍊字的方法》裡，將裁章鑄句比作「如切如瑳」的功夫，將鍊字比作是「如琢如磨」的功夫。

　　鍊字得宜，常能為一個平凡的意念生色許多，使全句有畫龍點睛之妙，例如〈蓴菜〉詩中：「渺渺春湖水拍天」，「拍」字挑動了全句的精神。春湖渺渺，原充滿沈寂的無力感覺，然而，春水一旦「拍」

天，則躍動的力量出來，湖水因之充滿了生命力。拍字之好，還將湖天銜連起來，湖之寬廣，水之躍激，呈現出一片雄闊蓬勃的畫面，因拍而起的聽覺激動，亦令讀者在畫面之外，產生聲音的共鳴。

〈同翁士特小飲中〉，「逐」字亦有相同之妙。「小雨乍隨雲影散，好風還逐月光來」，雖然經由詩人的觀察，得知小雨乍隨雲影散，但那畢竟是天空的事，真正切詩人之肌膚的，是風之美好。在雨、雲之後，月光漸來，詩人在不知不覺間，也感受到風來了。風何時來？如何來？詩人運用超凡的想像，將風擬人，認為好風逐著月光的腳步而來。如此一「逐」，不但全句生動起來，連原本看似庸陳的上句，也因之成為烘托「逐」字精神的必要背景鋪排。

拍、逐二字，可見出詩人運字的功夫，頗有四兩撥千斤的力道，這有賴於詩人活潑的靈思及敏銳的文字感受。此外，詩人對事物的深刻觀察，體物入情，也可從下列例字看出。〈桂州道中二首〉：「日暮碧雲濃作朵」，日暮雲濃的畫面，相當浮泛。但當雲濃成「朵」時，雲層堆積、東簇西叢的影像，清晰呈現，全賴「朵」字的巧妙，濃雲的感覺，才得以著落。又如〈題紫巖驛〉詩中：「蟠嶺雲松鬱鬱青。」雲松的感覺，用「鬱鬱」、用「青」皆嫌浮泛，但有一「蟠」字引領，則雲松的青鬱，糾虯成嶺的形象，就顯得相當真實、生動，蟠字原是用以形容山嶺的形勢，然而，山的外貌，全賴樹木植成，若無蟠字形容嶺，則雲松鬱翁，濃青成叢的感覺，無法盡出。

在〈江城子・四時漁父詞・秋〉裡：「月明江靜好沈鉤」的「沈」字，有一種安靜、穩重的感覺，與「月明江靜」四字所帶來的意象相呼，使全句更有一種凝煉出塵的美感表現。〈六么令・次韻和賀方回金陵懷古，鄱陽席上作〉之主旨，在六代興亡的沈嘆，詩中充滿哀沈、寒涼的低嘆，「江樹森如髮」的森字，頗能襯托全詞情調，並將夜中樹木鬼聳的感覺突出。

李綱也擅用反覆的重出字，以加強語氣、氣氛，或製造一種纏綿的效果。例如〈端午日次鬱林州〉的末兩句：「殊方令節多悽感，家

在東吳東復東。」連續重出三個「東」字，將家遙鄉遠的感覺，用宛轉連綿的口氣娓娓道來。又如〈謁寇忠愍祠堂六首〉，此詩作於詩人四十七歲，流謫途中。其中第五首：「海邦去海只十里，山路過山應萬重，詩讖告人元已久，未應馬手援梁松。」此詩是李綱在寇忠愍祠堂求籤卜吉。「山路過山應萬重」，重出兩個「山」字，頗有千山萬水，迂路迢迢的效果。〈寓寧國縣圃中桃李雜花盛開，感而賦詩〉：「乍雨乍晴三月節，半開半合百花枝。」寫春季的氣候，晴雨不定，寫花朵的開放，遲緩有速，重出二「乍」、二「半」字，將此種現象、情境，作了相當完整的表達。

二、鍛句

黃季剛先生《文心雕龍札記》：「凡爲文辭，未有不辨章句而能工者。」又說：「若夫文章之事，固非一憭章句而即能工巧，然而拾棄章句，亦更無趨于工巧之途。」宋人對於詩句的要求，特別著重於洗鍊與深折，不論是論古、自作，或時人相欣賞，皆奉此爲準繩（參考繆越先生〈論宋詩〉）。因此，其詩詞創作，大都充滿了人文美感。

〈冬日閒居遣興十首・第十首〉：「山暖覺蜂喧」，充滿了形象的生動與真切。冬日溫暖的陽光照射，使蜜蜂熱鬧地活動起來。詩人感覺到了溫暖，聽覺到了蜂喧，但他並沒有在詩中呈露自己，而將接觸到的溫暖與熱鬧，直接由山、蜂去表現；於是，讀者心中浮現的山景喧鬧，沒有詩人主體的影子，純粹就是自然影像的顯現而已；那份感受，直接由畫面傳遞給讀者，讀者自己，躍升爲詩中主體。

又如「夜深雲散千峰月」（〈宿巖頭寺〉）呈現出雲翳散開，月色明晰的感覺。月色之所以明朗，有賴於「千峰」二字的映托。千峰之千，不僅僅是山峰數量的誇飾，更是峰頭明晰的保證；否則，以「群峰」、「數峰」等明晰度不夠的數量來形容山頭，無法帶出月色明亮的感覺。月色之好，要有千峰的提攜，千峰月的明亮，要有雲散二字作爲背景烘襯；此句之妙，字字相遞，字字相提，頗具真切之美。

〈和陶淵明歸田園居六篇〉（卷二十一）第一首，有「落照孤鴻間」句，相當生動、真切。此句所描繪之景像，是夕陽西下，孤鴻飛起、與日相映的感覺。「間」字將視覺的前後效果補足，孤鴻在前，落日餘暉在後，具有強烈的鮮明層次，餘暉的色彩，因孤鴻的帶動，也因此呈現出來。短短一句，卻宛若一幅生動圖畫呈現眼前。

〈江城子・過分水嶺〉：「路入江南春信末，日行北陸冷光浮。」此詞作於三十八歲，李綱自沙陽北歸，雖然，對於流謫生涯暫告一段落感到欣喜，但對於未來的迷惘之情，仍不免流露詞中。「日行北陸冷光浮」，係由於南北氣候之差別，詞人愈往北走，愈感到寒冷。「冷光」、「浮」，皆將這種感覺具體化，彷彿此種寒冷可以看見，可以捉摸得住。日行北陸，則將寒冷的層次感逐遞表現出來，令人確切感受到天氣的冷──及詞人心中的冷。

李綱詩中也有散文化及口語化的現象。例如〈和陶淵明歸田園居六篇〉（卷二十一）第一首：「東吳信佳地，碧溪繞青山，我居枕溪傍，卜築亦有年。」及第三首云：「人生不滿百，七十亦云稀，吾年甫知命，飄泊猶未歸。」關於此種現象，吉川幸次郎《宋詩概說・宋詩的表現法》裡談到：宋詩為了避免流於華麗，往往故意棄華麗而求質實。表現的方法之一，是「以文為詩」。過去只適用於散文而不適於詩歌的詞彙，引入詩中，並以散文化的敘述手法、結構手段，呈現詩歌的意境。例如〈開先寺漱玉亭〉詩中，「未遊漱玉亭，先誦東坡詩，手持芙藥，跳下清冷中，疑非謫仙，不能為此詞。後翁三十年，我亦遊於斯……」就是相當典型的散文化現象。

又如〈初發雷陽有感・第二首〉：「此去山林如脫兔，這回且結好姻緣。」〈海南黎人作過據臨皋縣驚劫傍近，因小留海康十一月望聞官軍破賊二十日戒行戲作兩絕句〉：「假使黑風飄蕩去，不妨乘興訪蓬萊」，正是由於散文化的敘述手法，所帶來無可避免的口語現象。如此樸質無華的筆法，有時候可以呈現出一種清新活潑的風格，令人眼目為之生新。

　　為了造成印象的深刻，李綱的某些詩歌，以相當特別的句式製造意外的阻力，藉以收到更有效的衝擊作用。例如：〈訪李道士〉詩中：「青山中有一道士，獨臥煙霞晝掩扉。」傳統上三下四或上四下三的七言句式，卻被李綱在首句裡以三一一二的方式表現出來，相當特殊、引人矚目。又如〈次韻丹霞錄示羅疇老唱和詩四首·第一首〉：「又如苗成實，非一朝夕故。」在第二句中，傳統上二下三或上三下二的五言句法，以一三一的句式表達，成為全詩最突兀的引人處。再如〈羅修撰寵示龍興老碑刻〉：「龍興道與右文親」，三一二一的句式，也為全詩帶來了特殊效果。

三、音韻

　　《文心雕龍·情采篇》：「立文之道，其理有三：一曰形文，五色是也；二曰聲文，五音是也；三曰情文，五性是也。」所謂聲文，就是聲律的美感表現。聲音的和諧，常能促進文句的華美，並能渲染內容情境，勾起讀者的心靈共鳴。此種情形，詞中為然。戈載《詞林正韻》：「詞之諧不諧，恃乎韻之合不合，韻各有其類，亦各有其音，用之不紊，始能融入本調，收足本音矣。」

　　例如李綱〈念奴嬌·中秋獨坐〉：

　　暮雲四卷，淡星河、天影茫茫垂碧。皓月浮空，人盡道，端的清圓如璧。丹桂扶疏，銀蟾依約，千古佳今夕。寒光委照，有人獨坐秋色。悵念老子平生，粗令婚嫁了，超然閒適。誤縛簪纓遭世故，空有當時胸臆。苒苒流年，春鴻秋燕，來往終何益。雲山深處，這回真是休息。

　　《唐宋詞格律》定此調為仄聲格，龍沐勛云：「此調音節高亢，英雄豪傑之士多善用之。」

　　試觀李綱此詞，以長調命題，主抒胸襟。上片押「碧、璧、夕、色」，下片押「適、臆、益、息」，在龍氏所附之《詞韻簡編》中，隸「十一陌」，入聲。王易《中國詞曲史·構律第六》云：「入韻迫切。」龍氏《唐宋詞格律》亦評註此調曰：「其用以抒寫豪壯感情者，宜用

入聲韻部。」此詞之情，有悲豪之氣，此八個入聲韻字所帶來的渲染力量，亦是重要的因素。

再看此調的韻位分佈，隔二或三句押韻，此種舒緩的韻位分布，適合表達哀婉、纏綿、曲折欲吐的情懷〔註2〕，李綱利用此調的聲情，將秋夜獨坐的情思委委道來；復利用入聲韻字的迫切，製造豪壯高蹈的激烈之情，此種迫切與舒緩的衝突與調和，完成了本詞聲文與情文的美感表現。

又如〈喜遷鶯〉詞，是平仄韻轉換格，韻位分布較爲綿密，余毅恆云：「每句押韻或不斷轉韻的，其聲調就較急促、沉重，宜於表達緊張、激憤、憂愁的思想感情。」（《詞筌》）。李綱運用此詞，寫晉師與苻堅相戰於淝上的戰爭場面（晉師勝淝上）；寫個人濃厚的家國之思（自池陽泛舟）；寫邊城寒早的塞上風光（塞上詞），由此皆可看出詩人擅於運用聲韻的特性，以加強全詞的聲情之美。

音韻的美感，亦可表現在詩裡：

千里江山圖畫中，嶠南浙右豈殊風，煙浮嵐彩重重碧，日

染波光灩灩紅；蟻釀蟹螯情不淺，筆床茶灶興相同，扁舟

入手吾何事，歸去梁谿作釣翁。（〈江行即事八首‧第一首〉）

——平聲韻

天涯遇寒食，嘉節無興對，獨酌一杯酒，慷慨仗心癒；來

者復可追，既往那復悔，脩然畎畝心，敢忘犬馬愛，之推

自欲隱，去去何所懟。（〈寒食五首，第三首〉）——仄聲韻

〔註2〕余毅恆《詞筌‧詞的平仄聲和韻腳》裡提到：隔句押韻，韻位安排
　　　得比較均勻的，其聲調就較舒緩，宜於表達愉快、安閑和哀婉的思
　　　想感情。一般而言，韻位分佈急促者，宜於表達緊張、激憤的感情；
　　　韻位均勻、舒緩的，適合表達安閑、哀婉的感情。參考黃永武《中
　　　國詩學—設計篇‧談詩的音響》。

心似蓮花疏通，身如靈龜藏蟄，三十年來住持，不曾嚼破
△
一粒。(〈六言頌六首贈安國覺老‧第二首〉)──入聲韻
△

上述三詩，皆可看出李綱在詩歌中，善用寬洪的平韻，抒發和暢的感
情；用纏綿的上去仄韻，表達感情的激切，用音節短促的入聲韻，表
達激越矯健、高峭堅決的思想感情。詩歌的感情，藉助於音韻力量的
渲染，得到更深刻的抒發。

四、辭格運用

（一）對偶

李綱的律詩、排律共六百三十餘首。律詩頷、頸二聯要求對偶，
因此，從對偶中頗能看出詩人的藝術功力。對偶對得好，頗有勻稱、
平衡、圓滿之效，因為花紅葉綠、襯辭儷句，使全詩看來十分豐贍。
但若強拼硬湊，反而會削弱全詩的美感表現，矯揉造作的斧鑿痕跡，
將使詩意變得生硬、冷澀。例如李綱〈留題月巖‧信州道中〉頸聯：
「陰精凝結元無質，神化胚胎豈易探」，原詩主旨在讚賞月之所秉，
乃天地菁華，頷聯寫月之形象，此聯寫月之精神。走筆至此，詩人辭
力已弱，就詩意來看，二句似為流水對，共同鋪敘一完整意旨；但就
全詩鋪排而言，此二句實又出自同一主旨的鋪排；且此聯中，以「元
無質」對「豈易探」、「凝結」對「胚胎」、「陰精」對「神化」都相當
生硬勉強，月之精神不但無出，反而令人有矯造之嫌。

又如〈渡江〉頷聯：「江湖落日浮秋橘，島嶼殘霞拂斷虹」，上句
的意境、形象，相當開闊，富有美感表現，下句為了求對，以「島嶼」
對「江湖」，在氣勢上就已不能匹敵；落日、殘霞在字面上雖可相對，
但就意境的表現而言，並不突出；以「拂斷虹」對「浮秋橘」，則渾
然不知所云了。細觀「落日」、「浮橘」，名稱上雖為不諧之物，但所
意指的則同（皆為落日）；「殘霞」與「斷虹」，其所意指的畫面相同，
但由於「名稱不諧」的比擬美感沒有呈現，造成此句的重疊雕刻。

　　李綱另有一些詩，由於對比的巧妙，呈現出典麗雅贍的詩境。例如：〈三月二十五日邀吳民瞻、鄭夢錫、李似之、陳巽達、周元仲遊賢沙鳳池二首‧鳳池〉頷聯：「雲隨屐齒生松磴，泉合琴心瀉石陂。」此二句的詞組結構、詞性，都對得相當工整。雲、泉，皆爲自然物；屐齒對琴心，屐、琴，皆爲日常生活所常見之物，心、齒皆爲人體器官；松磴對石陂，松、石皆爲自然物。此詩原旨，在景之美好；上句雲隨屐生所帶來的美好景像，令人爲之驚嘆，詩人以舉重若輕的筆法，描繪出細膩微妙的佳境；山中的泠泠甘泉，流瀉石陂，泉音配合著詩人心靈的節奏，挑動著詩人的感情。在此二句中，景色相當地靈性，人景的親密，情景的交融，使人文與自然的美感交融，呈現一幅天人合一的圖畫。

　　再如〈岳陽樓三首‧第一首〉頸聯：「去框來檣雲共影，斷鴻孤鶩笛連聲。」寫岳陽樓上觀湖之景：框檣相對於鴻鶩，前者皆爲行船所用之具，後二者則皆爲禽類；去來正是檣框的動態說明，斷、孤則是詩人正欲賦予鴻鶩的屬性。自樓瞰湖，則見天雲映湖，與框檣共同成影，「雲影」原爲詞組，加了檣框來共，則畫面熱鬧多了。「笛聲」此一詞組的意象衍展開來，與斷鴻孤鶩相連，詩人心中的情感境界因之擴大，岳陽樓所帶來藝術形象，因之更加深刻。此外如〈黃雀〉：「愛酒情懷多骨醉，披綿風度更膚腴」，〈舟中讀書有感〉：「浮家泛宅雲煙裡，思古傷今圖史中」皆可稱爲精工之對。

　　李綱也常使用「流水對」，例如〈謝德夫約遊開平寺〉頷聯，寫此次旅遊的動機：「雙溪餘賞興，五馬故來遊」，以雙溪對五馬，餘賞興對故來遊。又如〈水磑〉頷聯：「但知隨水能旋轉，肯道舂糧不自由。」用兩句話才將水磑的性質說明。〈羅修撰示龍興老碑刻〉詩，其小序言：「聞龍興老道價舊矣，宮使修撰寵示碑刻，且示龍興，以未曾相見，敬託送來，殊不知已相見了也。因成一頌拜呈，幸因便人達之。」李綱在頸聯，以二句話概括說明此意：「已曾見了何須再，特地招來卻未眞。」

　　此外，在對偶的技巧，李綱也有「偷春格」及「蜂腰格」的創作。所謂偷春格，是指律詩中把頷聯的對仗移到首聯的格式，即起首兩句把三、四兩句的對仗提前完成，彷彿春時未到，原應在春天綻開的花朵，卻先春而開，好像偷了春光一樣（參見《讀詩常識・第十一章》）。例如〈江上晚景二首・第一首〉：「清江一曲深，翠岫千峰峙，江村八九家，茅舍修竹裡；沙頭漁網懸，林表煙素起，焉得惠崇師，寫此真山水。」首聯清江對翠岫，一曲對千峰，深對峙，在字面上不僅詞性相對，在句義上亦可相對，頷聯則無對，此稱之為「偷春格」。

　　蜂腰格，是指律詩四聯之中，只有頸聯對仗，首聯、頷聯皆不用對仗。由於頷聯位於全詩的中部，不用對仗，則全詩佈局只有頸聯（又稱腹聯）相對，宛如蜂的細腰一般，故稱之為「蜂腰格」（參見同上）。〈崇陽道中作四首〉：「我行江南春，初見農事作，及茲旅湖外，秋稻半己獲，隔林聞晚春，蒿結積籬落，童稚亦熙熙，田家有餘樂。」可見出首、頷二聯皆未對，僅頸聯對仗的形式。又如〈季明送南中花木〉：「悟道力知色即空，樂全深得種花功，願從真隱師為圃，敢意芳根與樂叢；陶令欲歸三徑老，海神更借一帆風，梁谿異日憑欄處，把酒看花定憶公。」此亦是蜂腰格的表現。

　　（二）譬喻

　　譬喻，就是「借彼喻此」（黃慶萱《修辭學》）。在此與彼間，必須要有類似的共通點，才能完成譬喻。例如〈月夜江閣次東坡韻〉詩中：「江石如馬肝」，係因為江石的顏色、形狀，與馬肝相似，故以馬肝來譬喻江石。

　　〈畫荔枝圖〉中：「炯如明珠出老蚌」、「剖擘頗訝水晶滑」，此二句中，以明珠、水晶，比喻去皮後的荔枝，原因即在於荔枝晶瑩潤澤的形貌，與瑩透明亮的明珠、水晶有類似之處；荔枝的外皮粗糙，以形象、意象皆差的老蚌譬喻之，更能烘托荔枝果肉恰如明珠的美好。

　　〈瀑布〉詩中：「瀑布如懸河，斗落五千丈。」以懸掛的河流來譬喻瀑布，即在於瀑布與河皆為大自然中的同質之物。下句「斗落五千

丈」，則是誇飾手法的運用。再如〈次韻叔易四絕句〉：「落日西風粳稻香，畦間散策月荒涼，誰知萬頃黃雲熟，行客初看插綠秧。」成熟、發出幽香的稻田，在月色與落日的映襯下，金黃的稻浪宛若黃色的雲海。稻與雲之間，一則因色彩的相似，二則柔軟的感覺相似，遂能以雲喻稻，完成此詩的意象美感。

李綱又有「江湖落日浮秋橘」(〈渡江〉) 句，其譬喻頗為巧妙。以秋橘比於落日，在色彩、形狀上，已令人驚嘆詩人想像力之精確豐富；在視覺感官上，近江湖、遠落日的大小對比，恰好又將落日與秋橘的大小神似，相扣一起，落日將下，彷彿江湖上懸浮的秋橘，取譬之妙，令人讚絕。與蘇東坡〈新城道中‧其一〉：「樹頭初日掛銅鉦。」之詩，在句式結構，意念對比，想像的運用，皆有神似之處。

（三）比擬

陳望道《修辭學發凡》：「將人擬物（就是以物比人），和將物擬人（就是以人比物）都是比擬。」不論是以物比人，或是以人比物，所擬之物，都具有人格、精神的象徵。

李綱最有名的〈蜜蜂〉、〈病牛〉詩，就是運用比擬技巧完成的。「秋風淅淅桂花香，花底山蜂採掇忙，但得蜜成功用足，不辭辛苦與君嘗。」「耕犁千畝實千箱，力盡筋疲誰復傷，但願眾生皆得飽，不辭羸病臥殘陽。」蜜蜂「不辭辛苦」的精神，病牛「但願眾生皆得飽」的宏願，都是李綱本身的人格精神轉化，若非詩人本身有此心、有此志，則他筆下的蜂與牛，無法完成詩人的人格特徵。此二詩之所以感人，亦因詩人的人格寄託在蜂、牛的身上；藉著蜂、牛的形象比擬自己，完成此詩的藝術表現。

〈黟歙道中，士人獻牡丹千葉，面有盈尺者，為賦此詩〉：「……嫣然見我如感傷，似訴此處非其鄉」。用擬人的手法，賦予牡丹淪落天涯的心情表現。花兒在此，情感豐富，見著詩人會起「同是天涯淪落人」的傷感；她有思想、有感覺，並且將之傾訴出來，使詩人因之而有相知相惜的感情。詩人將牡丹比擬成一位淪落天涯的嬌客，而這

嬌客的意象，正是自身情感的外射。

（四）象徵

透過某個意象的呈現，表達個人抽象的觀念或感情，稱之爲象徵。葉嘉瑩先生在《迦陵談詩二集·中國古典詩歌中形象與情意之關係例說——從形象與情意之關係看「賦、比、興」之說》中提到的「興」，可以視之爲象徵。「所謂興者，有感發興起之意，是因某一事物之觸發而引起所欲敍寫之事物的一種表達方法。」例如〈葉落〉：「鏗然一葉己驚秋，況復紛紛巧見投，振橋不禁風淅淅，催寒長共雨颼颼；洞庭波起初微脫，雲夢霜高浩不收，舞砌穿帷不須掃，蕭騷從伴逐臣愁。」詩面上雖是葉落的描述，實際上，則藉由這種自然界現象，抒發個人心志理想的飄零。秋葉在風雨裡的飄搖，令李綱興起個人在現實政治裡無力回天的感受。此詩藉由落葉而興起志抑不伸的愁情，句末復將個人的身世，與落葉結合在一起，使飄零的意象再一次地突出。

又如〈秋夜有懷二首·第一首〉：「娟娟江漢月，空照逐臣心。」從明月的映照，興起逐臣的感受，由於明月的意像想當豐富，逐臣的所思所想，爲本詩帶來相當深廣的藝術張力；同時，本詩也以千古不變的明月象徵自己不變的志節。〈暮春雨中有感二首·第二首〉：「萬物焦枯誰作霖，片雲成雨慰民心，姦邪逐去精忠雪，天意方知感格深。」暮春的雨，帶給詩人久旱逢霖的喜悅，有靈的老天，洗去焦枯的萬物，帶來清新，安慰民心；詩人祈盼天意能再度感應，逐去姦邪，降下精忠。此詩是從春雨的喜悅裡，興起詩人內心深處眞正的祈盼與喜悅。李綱善用此種手法，委婉深曲地表達自己感情與想法。

（五）借代

所謂借代，就是放棄通常使用的本名或語句不用，而另借其他與此相關聯的名稱或語句來代替（黃慶萱《修辭學》）。經由借代的作用，可讓詩歌的藝術力量，得到更精煉、更幽微的發揮。例如〈秋夜有懷二首〉：「黃傘遊何處，蒼生思至今」，以「黃傘」代替「皇帝」，頗有

工煉之緻；否則，若稱「皇上」、「今上」，或「聖帝遊何處」，則不免有淺俚之譏了。又如〈岳陽樓三首〉：「客愁欲作長鯨吸，卻笑三閭只獨醒。」三閭大夫原指屈原，詩人以屈原的身世自比，故以「三閭」二字，替代自己。經此替代之後，此詩之意象，時時將屈原的身世，與詩人相扣，使其內涵更為豐富，在這情感表達的一曲一折下，詩歌風味亦更耐人尋味。

〈過北流縣八里遊勾漏觀留五絕句‧第二首〉：「只恐山靈嫌俗駕，未容歸客臥煙霞」，以「臥煙霞」三字，作為歸隱山林之喻；「煙霞」二字，替代詩人心志所嚮往歸隱的山林雲水，這是以部份替代全體的方式。又如〈庚戌正月一日遊都嶠山留五絕句栖眞觀中〉：「落花流水人間去，誰道桃源不是仙」，「桃源」二字，出自陶淵明「桃花源」三字的壓縮，並且以此代替不受人文污染的天然美景。

李綱的借代運用相當廣泛，其他如以「玉妃」代替「梨花」（《春詞二十首‧第二首》），以「東君」替代「春風」（同上‧第一首），以「毛穎」替代「毛筆」（〈鼠須筆〉），以「衣冠」替代士族貴人（〈建炎行〉）……等，皆為全詩帶來美好的藝術效果。

（六）誇飾

美好的誇張技巧，可使全詩因之精彩、生動，給予讀者強烈的感官感受，例如〈蚊〉：「駝肩豹脫嘴如鐵」，就是運用十分誇張的方式形容蚊之形態，將夜蚊肆虐，使人類不得安眠的痛惡情緒，轉移成為主觀眼光中，對蚊的觀察。人的情緒，轉變成為蚊的形象，誇飾手法如此一出，全詩主旨因之生出。在〈冬日閒居遣興十首‧第五首〉：「梳頭風滿櫛」，亦是誇張手法的運用。本詩原旨，是冬日梳頭的安閒。在猶有小寒的冬日裡梳頭，頭皮上有一種涼颼颼的感覺，李綱將這種感覺，用「風滿櫛」三字表現出來，形象十分生動。

此外又如〈食蟹〉詩中，「溪頭紫蟹幾尺餘」、「雙螯如臂自可飽」，亦是誇飾法的運用，然而誇張並不十分，所帶來的形象衝擊也不激烈。誇張，緣於詩人主觀情意的暢發，而非客觀事實的記錄，因此，

作者的想像力不但重要，想像的氣魄與手筆也很重要。李白的「白髮三千丈」、「雪花大如席」之所以驚人，主要來自於他誇張的氣魄相當強烈。個人認為，李綱是個相當質樸的「老實頭」，他詩歌中「雖非千葉繁，香色亦不惡」（〈初見牡丹與諸季申伯小酌〉）的客觀筆法，在數量上遠勝於誇飾法的運用。不僅在想像的空間裡，李綱相當嚴謹本份，在誇飾的氣魄上，他也不曾發出逼人耀眼的光彩。

（七）引用

黃慶萱先生《修辭學》裡提到「引用」：「語文中援用別人的話、或典故、俗語等等，叫做引用。」本處擬就「用字」與「用典」二項，提出探討。

「所謂用字，是指詩人在詩中所使用的某些詞字，乃是前人所使用過的詞字……這種用字有時出於有心，有時出於無意，其與詩歌之內容意義也有時有關、有時無關。」（葉嘉瑩《中國古典詩歌評論集·關於評說中國舊詩的幾個問題》）。例如〈得家信報避寇海陵〉：「子美無家尋弟妹」此句看似尋常，從字面上亦可尋繹詩人情意；但若了解杜甫〈乾元中寓居同各縣作歌七首〉中，第三首為：「有弟有弟在遠方，三人各瘦何人強。」第四首為：「有妹有妹在鍾離，良人早歿諸孤痴。」則對此詩中，詩人記掛家人手足的情懷，將有更深刻的看法。李綱引用古人的字，藉由讀者對於這些詞、字的了解，引發共鳴，強化全詩的藝術張力。

又如〈江上值雪戲成短歌〉：「漁翁獨立釣清江，披得一蓑非好句」，勾勒出一幅雪中漁翁、披蓑釣雪的景像。但若對柳宗元〈江雪〉詩：「孤舟蓑笠翁，獨釣寒江雪」的詩意有所了解的話，相信對李綱此詩的意境、內涵，也能有更深一層的體悟。又如〈蜻蜓〉詩中：「但知逐飛蚊，不復顧黃雀」，我們的日常知識都知道黃雀為蜻蜓天敵；但若能從《說苑·正諫》了解：「螳螂捕蟬、黃雀在後」的意義，則「黃雀」二字所喚起的體會和聯想，更能加深此詩的藝術力量。

「用典」與「用字」之區別，在於「用字」只是字面上與古人有

相合之處，即使不知辭字的出處，仍可從字面上了解此詩意旨。「用典」，則是在詩句中包含一則故實，若不知道故實之出處、眞意，則可能無法通讀此詩；用字有時可能出於偶合或無意，用典，則是詩人必然有所取意的（參見同上）。以下擬從正用、衍用、活用三角度來評析李綱的典故運用。

正用，是指典故的意義鮮明準確，與詩人所要表達的思想一致。

〈和勸農篇〉，是李綱和次淵明之作，其詩旨在勸民勤於農作；其中詩句「四體不勤，丈人所鄙」，正是化用《論語・微子》篇所云：

> 子路從而後，遇丈人，以杖荷蓧。子路問曰：『子見夫子乎？』
> 曰：『四體不勤，五穀不分，孰爲夫子？』植其杖而芸。

李綱利用這個典故中，丈人責備子路的口氣、語言，及整個事件的意義，來申述個人的意旨，希望達到勸農的目的。

《太平御覽・卷三十》引《雜五行書》：

> 宋武帝女壽陽公主人日臥于含章殿檐下，梅花落公主額
> 上，成五出花（或云：成六出花），拂之不去。皇后留之，
> 看得幾時；經三日，洗之乃落，宮女奇其異，競效之，今
> 梅花妝是也。

梅花與壽陽公主的結合，帶來梅花綺妮多姿的浪漫形象。李綱在〈梅花二首〉，以梅花妝的綺妮嬌豔，對比出溪村寒梅的清寂標格：「寒梅昨夜洩春光，標格依然壓眾芳，嬝嬝露枝團玉白，輕輕煙蕊簇金黃；瑤妃謫墮溪村寂，雪片飄殘月經香，卻笑漢宮爭寵女，競將嬌額學新妝。」最末兩句，便是利用梅花妝一典的意義，加強詩人所要表達的浪漫嬌豔感。

衍用，是析開原文的旨意，鋪衍而成個人的創作。例如和陶淵明〈時運詩〉中：「春服既成，如浴乎沂，風乎雲霄，詠嘯而歸。」此詩之主旨，在表達詩人卜宅梁谿，閒適自足的生活；此四句詩，不論內容、風格、情意，都衍化自《論語・先進》篇：

> （曾點）曰：「暮春者，春服既成；冠者五六人，童子六七
> 人，浴乎沂，風乎舞雩，詠而歸。」

李綱針對曾點的嚮往，衍化成為自己的詩句，用以表達歸居田園的安詳與閒適。又如〈雨霖鈴・明皇幸西蜀〉：

> 蛾眉修綠，正君王思寵，曼舞絲竹。華清賜浴瑤甃，王家
> 會處，花盈山谷。百里遺簪角珥，盡寶鈿珠玉。聽突騎，
> 鞏鼓聲喧，寂寞霓裳羽衣曲。金輿遠幸匆匆速，奈六軍不
> 發人爭目。明眸皓齒難戀，腸斷處，繡囊猶馥。劍閣崢嶸，
> 何況鈴聲，帶雨相續。謾留與、千古傷神，盡入生綃幅。

此詞以反諷手法，藉明皇幸蜀之悲劇，諷諫高宗的南幸。全篇文詞，幾乎化衍自白居易的〈長恨歌〉。例如：「春寒賜浴華清池」、「緩歌謾舞凝絲竹」，化作此詞的「曼舞絲竹」及「華清賜浴」；「百里遺簪墮珥，盡寶鈿珠玉」的意象，應該來自原詩中「雲鬢花顏金步搖」及「翠翹金雀玉搔頭」的形象。「漁陽鞞鼓動地來，驚破霓裳羽衣曲」化為上片末三句，「千乘萬騎西南行」、「六軍不發無奈何」化為下片首二句。劍閣崢嶸的意念，則衍化自原詩中「雲棧縈紆登劍閣」、「夜雨聞鈴腸斷聲」。

　　雖然，詞人之旨在以古喻今，但如此堆砌餖飣，填塞故實，實在失去「創作」的真諦。葉夢得《石林詩話》：「詩之用事，不可牽強，必至於不得用而後用之；則事辭為一，莫見其安排鬬湊之跡。」用典之妙，要於意念出自個人胸臆，而借事以相發明，才能夠情態畢出，呈現出美好的藝術技巧，此詞衍化之跡太過斧鑿，可謂其詞作之敗筆。

　　活用，是截取典故的引申義，以符合個人的命意。讀者必須經由上下文的了解，才能明白作者運典的真意。例如〈詠草〉：

> 夢覺池塘碧草萋，風搖煙濕己菲菲，綿聯山色不知遠，
> 惆悵王孫何日歸；微質亦知煩雨露，寸心終欲報春暉，
> 芳根縱腐猶能化，舞蝶流鶯到處飛。

此詩是詩人藉草比興，寄託他懷國思君，意欲為國效忠的一片真心。「寸心終欲報春暉」，化自孟郊〈遊子吟〉：「慈母手中線，遊子身上衣，臨行密密縫，意恐遲遲歸，誰言寸草心，報得三春暉。」用春暉比喻母愛如同春天的陽光，小小的草，無法報答母親的慈愛於萬一。

李綱取用此典，卻以春暉比喻聖恩，小臣猶如寸草，用以說明聖眷恩寵，臣子必將戮力報答。

又如〈趙叔□運判見示宣和御畫二軸‧馬〉詩中，詩人讚美所繪之馬，生動昂揚，有嘶風噴玉之姿，詩云：「始知韓幹畫多肉，坐使冀北群皆空」，冀北群空的典故，出自韓愈〈送溫處士赴河陽軍序〉：

> 伯樂一過冀北之野，而馬羣遂空。夫冀北馬多天下，伯樂雖善知馬，安能空其羣邪？解之者曰：吾所謂空，非無馬也，無良馬也。伯樂知馬，遇其良，輒取之，羣無留良焉，苟無良，雖謂無馬，不爲虛語矣。

此文原意，在說明伯樂的知人之明，取走冀北所有的良馬，以致冀北無良馬。李綱取用此典，讚美此宣和御畫的筆觸生動美妙，天底下其他的繪馬圖，在此畫面前，相形見絀，簡直不能稱爲馬圖，因此天下無馬圖。雖然，無良謂之空的原意仍在，但李綱之詩旨，在讚美此畫之美好，與伯樂知人之明的原意，毫不干涉。

〈端石硯〉詩中，有「頗同阮步兵，見客作青白」二句，是藉用阮籍的青白眼，來比喻此硯的有靈性。然而，此典故之原意，卻沒有「靈性」的讚美之意在內。《世說新語‧簡傲》：「阮籍遭喪，（嵇喜）往弔之。籍能爲青白眼，見凡俗之士，以白眼對之。及喜往，籍不哭，見其白眼，喜不懌而退。康聞之，乃齎酒挾琴而造之，遂相與善。」此文原旨，在說明阮籍的狂放自適，不以世俗禮法爲羈，李綱則引彼典，發抒個人的旨意，這些都是典故活用的例子。

從李綱的藝術技巧看來，在創作的天地裡，他是一個相當規矩的人。雖然，沒有橫肆突出的特技表演，令讀詩的人爲之驚震，但有老實的感情，平穩的創作方式，凝煉成他詩詞風格的工整——從這平凡的作品裡，我們卻獲得了眞實的感動。

第八章　文藝思想及詩詞創作實踐

第一節　文藝思想述要

　　身處南北宋交之際的李綱，雖以政治家、軍事家的身份聞名；但其生命理想則在於經世濟民、建功立業於其時，至於文章，則是發抒心志而已。但由於李綱政治理想的不得抒展、生平際遇的坎坷多躓，再加其本身對文學的興趣，其文學創作的質與量，都值得重視與肯定。

　　在政治的理想、人格的端正方面，李綱對自身有嚴格不苟的要求；在文藝的創作方面，李綱也提出了自我的要求與批評。綜其文藝論述，可從以下二個角度來分析：

一、就創作者本身而言

（一）文如其人

　　根據《中庸》提出：「誠於中、形於外」的觀念，認爲一個人的內在意念、本質，會形諸於外，形成一個人的氣質、風格。李綱展衍此一概念，認爲一個人的氣質風格，會形諸筆墨，成爲文藝作品的風格，所以，他提出了「文如其人」的理念出來：

> 侍郎鄒公碩學勤學，爲天下之所宗仰；詩銘精深，有古作
> 者之風，字畫似其人，自可寶也。(卷一六三〈跋道卿墨寶〉)

> 魯公草書摹傳於世者多矣。此帖尤奇，雖筆勢屈折、如盤剛刻玉，勁峭之氣不少變，蓋類其爲人也。（卷一六三〈跋顏魯公與柳冕帖〉）

> ……今於沙陽見了翁祭其兄奏議公文，辭意之高潔，筆力之遒健，與昔見其容貌志氣辯論無少異焉。信乎養之慎守之固，而文章字畫似其爲人也。（〈跋了翁祭陳奏議文跋尾〉）

另外，卷九〈讀四家詩選四首并序〉中，提到杜、歐、韓、李四家之詩，亦說：「誦其詩者，可以想見其爲人。」卷一六二〈書陳居士傳後〉，亦認爲後世讀者可藉此（傳文）想見其爲人。

　　文藝作品風格與人品之間的關係，爲何如此直接密切？李綱認爲，在創作之時，胸臆之所存有，皆自筆端慨然流出。雄渾正大的氣勢、深厚美醇的品質，並非矯揉造作、堆砌安排所能造就。因此，要創作美好的藝術品，首先必須創作者擁有美好的人格與心靈。培養的方法，就在於「養氣」與「積學」。

（二）養氣

> 文章以氣爲主，如山川之有煙雲，草木之有英華，非淵源根抵所蓄深厚，豈易致邪？士之養氣，剛大塞乎天壤，忘利害而外生死，胸中超然則發爲文章，自其胸襟流出，雖與日月爭光，可也。（卷一三八〈道卿鄒公文集序〉）

此處所提的文氣說，張健《南宋文學批評資料彙編》評論道：「古今一切養氣理論，都難以超踰了。」

　　氣，是個人整體修養的表現，是先天之秉賦與後天之培煉的融合；當生命理想與世相接時，氣，就是此人品性、風格的展現，其具體的呈現，就是平日的操行與文藝的創作。因此，他又提出「有德者必有言」的理念，質言之，便是以氣培德、以德建言。

　　李綱讚揚孟軻、屈原、韓愈等人的文章，「以養氣爲之本」。孟子所言之氣，至大至剛，以直養而無害，塞於天地之間，配義與道。李綱所強調之氣亦是如此。〈道卿鄒公文集序〉中，認爲士之養氣應「忘利害而外死生、胸中超然」，展現於外時，「進諫陳謀、屈挫不屈，皇

皇仁義、至老不衰」。秉持著這樣的道德、勇氣，發諸於文，才能夠有金石之聲，有菽粟布帛之用，上可以裨補造化、下可以濟人飢寒，這就是「有德者必有言」的道理。

（三）積學

除了養氣，李綱也特別注重「積學」的功夫。

> 東坡晚年草聖之妙如此，蓋積學所致，非特天資軼羣絕倫
> 也。（卷一六三〈草聖〉）

此外，在〈蕭子寬哀辭〉中，稱讚蕭子寬：「……博學好古、凡六經諸史百家之言、陰陽五行天文地理之學，貫穿馳騖、無所不通。」在〈祭許老崧文〉，盛譽其：「……經緯書史、文章成也；貫通古今、議論閎也。」在〈宋故龍圖閣直學士神道碑〉中，亦褒其「積學於文」。

豐厚的學識涵養出超妙的智慧與高明的見解。當智慧蘊積於內，清晰而澄明時，則形成此人內在本質的純淨與穩定；以見解接事於外，練達而不卑屈，則形成此人外在的氣度與襟量。形諸作品，亦同樣呈現出其華彩。

在卷一六三〈書陳中瑩書簡集卷〉中，李綱讚曰：

> 信筆輒千餘言，理致條暢，文不加點，信乎道學淵源自其
> 胸襟流出，特立獨行之操，非眾人之所能跂及也。

卷一六八〈宋故左中奉大夫直秘閣張公墓誌銘〉又曰：

> 有淵源於經術，洞探指歸，作爲文詞，不蹈襲前人，自出
> 胸臆，汪洋雅健……。

李綱認爲：文藝作品秉創作者之所內賦而產生，如果創作者的根柢不深厚，又怎能創造出優秀美好的作品呢？孟軻、屈原的作品之所以不朽，就是因爲他們所蓄深厚，自其胸襟流出之故也。

積學若能淵源根柢深厚，養氣若能超然於利害生死之外，則完美的人格完成，優秀美好的作品也能於焉產生。

二、就創作的作品而言

此處就詩、詞、文而言，又可由：（一）作品的內容與功用，（二）作品的風格與技巧，兩方面來談。

（一）作品的內容與功用

李綱為實用主義者，認為每一篇詩文都應有其功用：

> 文貴適用，片言有餘。（卷一三二〈拙軒記〉）

> 凡文之作，貴如穀粟布帛，適於用而達於理，斯足矣。
>
> （卷一六二〈玉局論陸公奏議帖跋尾〉）

詩文既要有用，就要有「風刺」的效果、或者「言志」的作用。因此，李綱說道：

> 詩以風刺為主，故曰上以風化下，下以風刺上。主文而譎諫，言之者無罪，聞之者足以戒。三百六篇，變風雅居其大半，皆有箴規戒誨、美刺傷閔哀思之言。（卷十七序）

同卷，李綱也提到了〈變風雅〉詩、以及自己的創作動機：

> 其言則多出於當時仁人不遇、忠臣不得志、賢士大夫欲誘掖其君；與夫傷讒思古，吟詠性情，止乎禮義，有先王之澤。又明年遷海外，自江湖涉嶺海，皆騷人放逐之鄉，與魑魅荒絕，非人所居之地，鬱悒無聊，則復賴詩句擴憂娛悲、以自陶寫。每登臨山川之間，嘯詠風月，未嘗不作詩，而婆不恤緯之誠間，亦形于篇什，遂成卷軸。

由上可知，詩文是用以箴規戒誨、誘掖其君的；或用以傷讒思古、擴憂娛悲的。如果詩文不能完成這兩項作用，就沒有什麼意義了。

在內容方面，李綱強調「根定仁義」。

> （陸公）奏議所陳，動中時病，屈折覵縷，皆根定仁義。
>
> （卷一六二〈玉局論陸公奏議帖跋尾〉）

> 君子之文務本淵源，根柢於道德仁義，粹然一出於正。
>
> （卷一三八〈古靈陳述古文集序〉）

依上所述，李綱提出了「君子之文」與「小人之文」的分別。君子之文根柢於道德仁義，出之於正，上可以裨補造化，下可以濟人飢

寒；反觀小人之文：「小人之文務末，雕蟲篆刻、緙章繪句，以祈悅人耳目。其甚者，朋奸飾偽，中害傷良，如以丹青而被糞土，以錦繡而覆陷阱，羊質而虎文，鳳鳴而鷲翰，此所謂有言者不必有德也。……小人乃專以利口巧言，鼓簧當世，既不足以取信於人，而恃才傲物以致禍敗者多矣。(卷一三八〈古靈陳述古文集序〉)李綱認為君子之文與小人之文的最大分辨，就在於君子之文以德為主，君子之德以文為輔，君子本人則德文兼備，故能創造優秀美好的作品出來。小人之文則是雕蟲篆刻而成的緙章繪句，其文正如其人，沒有道德仁義質蘊於內，故只能悅人耳目而已；其至有惡心惡意的小人，將自身本質反映到作品之中，以致文章成為「朋奸飾偽、中傷善良」的工具了。

而李綱之所以推崇屈原、杜甫，正因為屈、杜二人之文是典型的君子之文，不僅能將自身的理想、懷抱反映到作品中去，更能利用文章達到裨補造化、濟人飢寒的作用〔註1〕。

著書稱離騷，風雅齊厥理……眷眷不忘君，一篇三致意。

（卷十九〈五哀詩〉）

九歌九章之屬，引類比義，雖近乎悱，然愛君之誠篤，
而嫉惡之志深，君子許其忠焉。(卷十七序)

（子美）平生忠義心，多向詩中剖，憂國與憂君，終身不離口。(卷十九〈五哀詩〉)

子美得詩人比興之旨，雖困躓流離而不忘君，故其辭章，
慨然有志士仁人之大節，非止模寫物象、形容色澤而已。

（卷十七序）

從這些論述看來，李綱認為詩文應有積極的作用。屈原之所以美好，在於「眷眷不忘君，一篇三致意」，在於「愛君之誠篤，而嫉惡之志深」。杜甫詩歌之所以偉大，也是因為「平生忠義心，多向詩中剖」，

〔註1〕屈、杜二人生平皆不遇時，所著詩歌文章亦未真能在當世達到「裨補造化、濟人飢寒」的作用。但二人詩歌所表現出的人格精神，成為中國士儒景仰的典範，後代士儒莫不以此精神自惕自勵，故云。

以及辭章中「慨然有志士仁人之大節」。這些偉大的志節、期許，發諸於作品，才能成就出真正美好的作品。

（二）作品的風格與技巧

承緒著唐代韓愈、宋代歐陽修、蘇軾、陳師道「詩窮而後工」的觀念，李綱在卷一三八〈玉峰居士文集序〉中，從文學史的角度出發，進一步地分析出四種「窮而後工」的情境：

> 士達則寓意於功名，窮則潛心於文翰，故詩必待窮而後工者，其用志專，其造理深，其歷世故，險阻艱難無不備嘗故也。自唐以來，卓然以詩鳴於時，如李杜韓柳孟郊浩然李商隱司空圖之流，類多窮世者。或放浪於林壑之間，或漂泊於干戈之際，或遷謫而得江山之助，或閒適而盡天地事物之變。冥搜精鍊、抉摘杳微，一章一句，至謂能泣鬼神而奪造化者，其為功亦勤矣。

其中「閒適而盡天地事物之變」可歸於「放浪於林壑之間」類〔註2〕。李綱將「潛心於文翰」的困窮狀況，分為：1. 自我放逐於山林間者。2. 因干戈戰亂而漂泊者。3. 遷謫者。此三類人由於功名不順，或備嘗世道艱辛，在文翰上能夠潛心專意，故常能有「泣鬼神、奪造化」的作品問世。

「工」的要項為何呢？從李綱所提出的批評中，可分析歸納為下列三項：

1. 理致雄健：詩文雖由胸臆慨然流出，但在出筆前，創作者應先明於義理，思深而慮遠。如此創作出來的作品，在句法旨趣上才能夠「理致條暢」，營造出來的風格，便有「雄健」之姿。李綱讚退之之詩「雄厚雅健，毅然不可屈」，便是因其思慮深刻、條理分明、下筆萬鈞之故。條暢的理致，雄健的筆力，是李綱認為「文工」的要件之一。

2. 質：李綱在批評小人之文時，就強調了「雕蟲篆刻、綺章繪句」

〔註2〕見張健《南宋文學批評資料彙編敘論》。

只是小人悅人耳目之具。在〈書四家選後〉中，認為介甫選四
家詩之次第之所以如此，即在於四家詩歌的質文表現：

> 子美之詩非無文也，而質勝文；永叔之詩非無質也，
> 而文勝質；退之之詩質而無文；太白之詩文而無質。

質文之間，李綱顯然傾向於「不假雕琢」「不務華麗」的質；此種傾
向亦可在卷一四二〈素齋箴〉中窺見：

> ……不白不彩、不質不文、繪事為後、素居其先……

日常生活之所居，傾向如此，無怪乎在創作上，李綱不僅讚美陶淵明
歸田園詩「詩旨平淡高遠」，更有和詩六十餘首了。因此，李綱欣賞
的風格傾向於「清新」、「自然」，此種風格正是隱逸者與遷謫者得江
山之助所表現出的「文工」了。

3. 雅：雅是儒家傳統的文藝批評標準〔註3〕，雅者，正也。儒家要
求文藝作品不論形式或內容皆需符合正道。李綱是個典型的儒
者，因此他要求作品的創作要「根柢於仁義道德」、要「發乎情、
止乎禮」。符合「雅」的作品，能夠在形式美感上達到「溫厚」、
「閎深」「閎放」；全首作品才能因此達到「醇雅」的境界，使
人回味再三。此種形式、風格的美感完成，端賴創作者的心靈
與筆觸是否能符「雅」以出之了。

綜上所論，可知李綱認為美好的作品應該呈現出理致雄健、雅、
質等風格特色，並且具有裨補造化、濟人飢寒的作用。而在創作的過
程中，除了外在環境的遭際、罹難，可以鑿磨作品使更完美外，創作
者本身的人品、氣度、襟量，更是美好作品產生的重要因素。然而，
在如此具體的文學思想之後，李綱本人的詩詞創作，是否都能達到他
的自我要求呢？由其詩詞創作的實踐，反觀李綱文學思想之可行，此
為值得後人重視的課題。結合其文學思想與詩詞成就，來觀照李綱其
人的生平與思想，更是研究李綱詩詞的重要關鍵。

〔註 3〕見張少康《古典文藝美學論稿》頁 234。

第二節　詩詞創作的實踐與檢討

　　李綱雖沒有專門的文藝理論著作，但從一些散見的序、文中，我們卻可見到他受時代風氣影響，而產生的文學理論系統。然而，理論系統與創作實踐未必是相等的。蘇東坡論詩，多半標舉「高風絕塵」、「發纖穠於簡古、寄至味於淡泊」（〈書黃子思詩集後〉）的風格，與他那種「地負海涵，不名一體」，而又能「驅駕杜、韓，卓然自成一家，而雄視百代」（《唐宋詩醇》）的詩作並不怎麼吻合〔註4〕。因此，本節擬就李綱創作實踐與理論系統的相異、相合處，提出探討。

　　文如其人，可就風格及內容兩方面進行探討。文，此處廣義而言，泛指一切的藝術作品，人，則不僅包括主體形上的價值、思想、感情，亦包括個人所遭受之生活事件，及所見、所聞、所知。

　　就內容方面：李綱的詩詞作品，充分反映了他的想法與遭遇。進與退相間替，是他生命歷史的循環往復；進則抗金、剿盜、言國是；退則山林雲水，田園家居。因此，其詩詞所述，一則爲進的思想、感情——借史詠事，借事託志，傳述個人對史事的見解及評析角度，例如〈建炎行〉、〈西風行〉、〈投金瀨有感〉、〈題邵平種瓜圖〉等詠史詩及諷諭詩，或用委婉曲折的方式，表達內心深處對君、對國的渴慕，〈江行十首〉、〈陸行〉、〈病牛〉、〈蜜蜂〉等詠景、詠物之詩，即爲此作；另一則爲退的生活描寫——徜徉於山水丘壑間，優游在風雅蘊藉的山居生活中，此可從詠景、詠物、及次韻酬答的作品中看出。進退之外，超脫人事之上的哲學思維，亦以禪言、哲理之形式，呈現出來。

　　就風格而言，文之風格，誠如其人之風格。李綱曾經轉戰沙場、爲國用命，故其詩詞之中，頗有雄健豪邁之作；他曾受重於朝廷，撰〈建炎進退志〉、〈靖康傳信錄〉等史書，故其口才之便給，思維之明捷，形成其理致條暢的風貌。他忠君之誠篤，愛國之情切，形成深切之文風；自我修養之通達融厚，形成渾和之文風；而他風雅生活之反

〔註 4〕此論點轉引自張葆全《詩話和詞話・第二章》。

映，則形成了雅致之風。

　　誠然，文學是心靈面貌的反映；然而，有時候，文學作品並不能全然地反映出作者主體，因為，文學的呈現，是經由主體心靈篩濾、查驗過的，它可能是作者某種有意的流露、或有意的遮掩。例如在李綱的詩詞裡，他集中筆力，將忠君之情流露出來，卻將個人的感情生活壓抑掩飾住了，在流露與壓抑的分寸之間，雖然也同樣是作者人格的呈現，但是，卻不能直接地以文觀人，必須要在流露與壓抑之間，尋找情感的平衡點，才能窺知作者真正的人格面貌。

　　在有意的流露與壓抑間，有時候，無意的流露，更是作者質性自然的人格呈現。例如，針對作品的內容與功用，李綱有「根定仁義」與「實用」的要求，但其詩詞創作中，有許多作品，與「仁義」、「實用」毫不干涉，卻產生了令人震撼的藝術共鳴。如〈雞冠〉、〈山藥〉、〈黃雀〉、〈初到臨平見山〉、〈宿巖頭寺〉等詩，其內容寫景、物之巧妙，其功用卻無法「裨補造化」、「濟人飢寒」；然而，正由於作者在文句之間，流露出自然而衷心的讚嘆與欣賞，這種不矯揉、不造作的自然流露，不假思慮地呈現出作者的特質，反而成為他創作中動人、菁華的所在。

　　就「仁義」、「實用」二觀點而言，或許，我們可以作更廣泛的詮釋，不必以「裨補造化」、「濟人飢寒」為限。仁義所指，可意謂作者純正的胸懷，凡文藝作品自此胸懷發出者，不論詠景、詠事、詠物，亦或抒懷、言情、酬酢，皆可符合李綱對仁義的要求。

　　仁義的胸懷，來自於配義與道、塞於天地之間的氣。這種氣，蘊之於人，則「忘利害而外死生、胸中超然」，行事於外，則「進諫陳謀、屈挫不屈、皇皇仁義、至老不衰」，形諸於詩詞，則是內容的思無邪了。試觀其詩，無一語言及兒女私情者，試觀其詞，則有〈西江月‧贈友人家侍兒名鶯鶯者〉：

　　　　意態何如涎涎，輕盈只恐飛飛。華堂偏傍主人樓。好與安
　　　　巢穩戲。攬斷樓中風月，且看掌上腰支。謫仙詞賦少陵詩，
　　　　萬語千言總記。

這是李綱千餘首詩、詞中，惟一的豔情之作。而其性質目的，則爲酒筵上應酬助興。詠史詞等諫君之作，諷諭、詠史及其他言志之詩，其無邪固不必言，其他言情之作，其情感的出發，多以家國社稷作爲觸情的媒介、匯情的總結，胸臆之所充塞，爲浩然正氣，作品之所流出，的確是根於仁義純正的胸襟。

就實用而言，也不必畫地自限，只要能夠明心言志、愉情悅性，舒導、宣洩塊壘之抑鬱，就可以稱之爲「有用」了。例如〈江行十首〉，其內容爲沿途景況之描寫，對於民生教化，實無所裨益；然而，在情感上，它將詩人心中的傷痕彌平在青山綠水間，舒導他鬱憤不平的心志，融消在大自然的詳和中，並將詩人終身寄託在山雲之間——雖然，眞正治癒李綱傷痛的是大自然，不是詩歌，但詩歌卻接納、包容了這些觸動的感情，同時以媒介、橋樑之任，將這些感情重新整理、過濾，在思維上，詩歌幫助了李綱心靈的成長，這就是一種「用」。

正氣的培養，使李綱其人胸中超然、不屈不懼，使他的作品，根定於仁義胸襟，純正無邪地吐露衷情。對於作品的呈現，李綱也著重創作主體的學識、涵養。他認爲，以豐厚的筆力，運純正無邪的感情，必能創作優美典雅的作品——仁義的胸襟，以經典學術爲其淵源，筆力汩汩不絕，作品自能產生豐厚、無窮的振盪力。

積學，豐富了作者本身高妙的智慧與見解，形諸於作品時，則可見出作品氣勢的雄渾深厚、形式的典雅瞻麗、理致的條暢明晰、及用典的圓融、用字的密麗。試觀其作，竊以爲李綱積學的功夫，著實鮮明地反映在其詩詞中。1. 用字的不俗，如「篘盡雲腴」、「嗜酒鴟夷」、「浮蟻」；又如「雲氣遮山」、「水痕侵石」、「蒹葭帶渚」、「松柏連山」、「文房嘉楮」、「敲冰」、「蠻牋」、「五鳳」、「剡谿藤」……等。在詩詞創作中，適度地呈露個人廣博的學識，固能創造優美清新的風格，加強文句的藝術張力，避免流於迂、陳、腐、俗的地步（參考第七章‧鍊字、鍛句）；但若一意以生澀怪僻之字來呈露個人的知見之廣，則登詩歌於險怪之境，則不免削弱藝術的感染力量了（參見第四章‧用

怪字）。2. 用典的圓融，除第七章「引用」中，所敘的三種典故運用外，借代功夫的巧妙，亦可見出作者積學的功力。例如在〈水調歌頭・同德久諸季小飲，出示所作、即席答之〉中，李綱以「律呂」、「韶護」等音樂專詞，喻指君臣間的相合，無斧鑿之痕、亦無拼湊之嫌，足可見出學術與藝術結合，所帶來的美感力量。綱有〈寶劍聯句〉詩，內中大量的典故接此續彼，不僅削弱了意旨的條暢，使意象的聯接矛盾、不能一統外，掉書袋之嫌，更使其詩的藝術評價減低。此外，其他詩詞中，典故、借代的自然與巧妙，正來自於作者胸中，以經典學術爲其淵源之故。3. 其詩詞中，理性的思維常能挾萬鈞的筆力，形成雄渾深厚、震撼人心的風格。例如〈五哀詩〉中，對屈原等五位先哲的人格、精神，李綱頗能提挈執要，衍展出重要脈胳，將五位前人的事蹟，作最完整的發揮。由於作者本身理路的清晰，形諸筆墨時，不遲不滯，遂有暢快明朗的風格產生，再由於深厚的積學、涵養，筆力不淺不薄，遂有雄渾氣勢的產生。4. 豐富的學識，匯總了詞翰文藻於其腹笥中，出筆爲文，則字新句密，再加上生活環境的影響，則其篇章頗有富贍之美。例如〈念奴嬌・中秋獨坐〉中，辭工意煉，鋪排綿密，意境高雅；又如〈古意四首〉，嚴密精煉，端正儒雅，此皆積學之致。

　　李綱提出「君子之文」與「小人之文」的差別，認爲君子之文：以仁義爲根，以實用爲上，因此不假雕琢，故能樸質無華；小人之文，則無仁義、無功用，故僅能用力在「雕蟲篆刻」、「綺章繪句」上。雖然，李綱以「不假雕琢」、「不務華麗」作爲作品的要求，但出於生活品質的自然流露、深廣腹笥的自然呈現，其詩詞頗有密贍之姿。密贍，映現於讀者心靈之上的，是豐富、多采多姿的感覺。例如：〈循梅道中遣人如江南走筆寄諸季十首〉：

> 弟有青雲志，兄今白髮翁，斷鴻飛嶠北，歸鶴自遼東，
> 鯨海扁舟過，煙嵐一笑空，衰顏雖已老，尚有渥丹紅。

又如〈飛雲〉：

> 飛雲遊碧虛，天矯龍蛇勢，因風態無窮，抱日色增麗，
> 飄然欲安歸，出岫非本意，爲霖竟何成，跂望增歎唱。

意象的緊密有序，用字的典雅，再加上氣質的渾和，帶給讀者密麗富
贍的感覺。這與他所提出「質」的要求，顯然是不同的。

有一些作品，李綱欲以質筆爲之，如：〈自金沙至梅口宿農家〉
及〈歸宗寺四詠〉：

> 夏夜宿山莊，風吹禾稼香，兒童窺戶牖，雞犬訝冠裳，
> 戛戛竹搖翠，輝輝螢美光，濁醪澆渴肺，夢覺月侵床。

> 右軍眞是墨中仙，到處成池豈盡然，祇有此間疑可信，
> 白雲書法至今傳。

但是，表現得並不十分好，反而有一種不實、生疏的感覺。此皆由於
李綱其人的生活、性格皆非樸質之故；此種樸質文風的要求，出自於
他道學家的文論觀，與他充滿人文情趣的生活品質，並不十分協調。
在質與文之間，李綱雖沒有刻意地在詩詞裡文飾、雕鏤，然而，他生
活中的華彩，卻自然而然地躍諸文間；他執自然之筆，寫眞實的見聞
感知，文華遂從筆端，自然流出。

雖然，「質」的要求並不能完全反映在他的創作中，但是，「雅」、
「健」卻是他詩詞風格的反映（參見第四章第一節及第六章第一
節），此是生活情調與氣質的表現，質言之，則又是「文如其人」的
實徵了。

創作主體必須心志專深，無外馳旁騖地潛心於文翰，同時，要
歷經了險阻艱難的人情世故，才能寫出志慮深刻，感人肺腑的作品。
李綱將此種人歸爲三類（「閑適而盡天地之變」者，歸爲「放浪於林
壑之間」類），而此三類，顯然是根據個人的遭遇、經驗而歸析的。
但他的作品，是否已達於「泣鬼神，奪造化」的程度，恐怕還有待
評估。

究李綱一生，與屈、杜等大家相較，實在還不至於「窮」的地步。
雖然他不受重用、旋用旋罷，但基本上，宋代尊重文士的傳統，並沒

有使他的政治生涯遭受到太嚴苛的屈辱——罷官之後所上的奏議箚子雖不被用，但仍能得到皇帝嘉勉，他政治上的朋友並沒有因他的罷官而疏離，反而同進同退；更何況，他有「進退、士之常也」的信念作爲精神支柱，又有穩定的經濟狀況足供他罷官之後的悠遊生活。在經濟不虞的情況下，精神上，李綱雖念念不忘君國，但畢竟能夠自解寬懷，「窮」的遭遇雖然加諸其身，但因「窮」而來的苦難，並沒有壓迫到他。因此，他的作品中，悲憤的情感，普遍不夠深刻，關懷的觸角，普遍不夠廣博，同時，在創作的態度上，李綱以文章詩詞爲娛心悅志之事，他生命中最深沈的情感與思維，並沒有凝聚在詩詞裡迸裂、爆發，故其詩詞的震撼力、共鳴力，不能使鬼神爲之泣、造化爲之奪。

　　綜上觀之，知李綱的理論思想與創作實踐，有些微的差距，然而，這無損於他詩詞的成就。尤其在質、文的衝突上，雖然李綱無意爲之，然而，他無意呈露的文華，顯得比他有意造就的質樸，更能得到讀者的欣賞與認同。自然的表現，就是一種美感的呈現，豐腴女子刻意表現出纖細文弱的姿態，未必更美，形諸詩詞亦是。

第九章　結　論

　　關於李綱詩詞的研究，綜合以上各章要義，可以歸納出幾點結論：

一、由於父親及教養的影響，對於家國、杜稷，李綱有一份沈重的歷史感與責任感。因此，自他二十二歲踏入仕途起，忠君之誠篤，愛國之情熱，未嘗一日稍減。然而，南宋初期的政局動盪，使李綱在諫臣、謀士、武將、謫人等身份中輾轉。最後仍以心志的壓抑、理想的淹沒，為其畢生的結局。正因如此，以經世濟民、建功立業為重的李綱，在仕途的坎坷多躓、不得抒展之時，傾其理想熱情於詩詞文章上，使詩詞創作的數量與品質，都留下了可觀的成績。

二、李綱有詩千餘首、詞五十餘首，就二者的創作態度及表現意義而言，呈現了不同的特質：試觀其詞，「表達」了主體強烈的意志、期望、及感情，同時，與當代軟弱的社會氣息產生了嚴重的矛盾與衝突。試觀其詩，則「呈現」了主體在大環境影響下的生活方式、態度、想法、遭遇、感情，對於社會的現象、風氣，也作了相等的呈現。在傳統以詩言志、以詞言情的模式裡，如此明顯以詞、不以詩言志的方式，突破了傳統詩詞的藩籬；同時，在文學意義上，對於詩、詞的表現方式，以如此迴異於往昔的態度來從事，亦是值得後人注意的。

三、李綱以詩來呈現自己，故其詩作，內容相當豐富：有詠史、諷諭、詠物、詠景、禪言、哲理，及和次古人、酬酢和次、記載生活瑣事等。從這些作品裡，我們可以看到他在理想與現實衝突中的想法與感情，窺知他的價值觀及人生觀，從而歸納模擬他的精神面貌。並就其創作的心理、生活的背景、及詩歌的呈現，可將其詩風歸析為：激昂剴切、悲雄深婉、清遠閑淡及渾和雅麗四大類。其愛國、用世之情，外發而為激昂剴切，內斂而為悲雄深婉；他對山林雲水的嚮往，及他的人格修養、智慧歷煉，形成他詩風中的閑淡與渾和；而雅麗，則是他生活氣息自然而然的呈現。由於當代文風的影響，他的詩作中有議論化的特徵，更由於他個人作詩的習性，詩作中另有喜用虛字、怪字，及無一語談及兒女私情者等特性。

四、李綱以積極、強烈的筆法鑄詞，表達了個人忠君愛國的信念；故其詞作，以愛國思想為其基調，可歸為詠物、情志、旅遊、詠史等四類。而其風格，因其「愁生故國、氣吞驕虜」之故，普遍皆以「憂」、「豪」為其風格之主調，另有「沖淡」、「清峭」等作，則逸於憂豪之外。綜析其詞，在戰爭場面及歷史人物的表現上，突破以往，同時，以詞主抒胸臆的方式，打破過去詞壇浮諛、遊戲的陋習，而他的社稷貞情以豪筆出之，令花草詞自婉約的藩籬跳脫出來，一變而為豪唱，此皆可視之為李綱詞作的特色。

五、就藝術的表現而言，詞主諫君警世，其藝術成就普遍不高，但寫忠君之情、憂國之深者，因其情真氣激，頗能振起人心的共鳴。其詩作，因其生活狀態的全面投入，不僅內容、風格較為多樣，其藝術表現亦因創作者有心的「愉情悅志」，呈現出較詞為高的精巧水準。在立意、謀篇方面，頗有出新、周密之美，在鍊字、鍛句、音韻及辭格運用方面，亦可見出作者匠心之巧運。整體言之，李綱雖因其「不假雕琢」的理念，而有意擺落文華，以樸質為尚；但其雅麗的生活與樸拙的信念相互融合、調整，反而形成

詩詞密贍卻不流於複麗的雅姿。

六、就其詩詞的成就與影響而言，李綱雖以詩家心態爲詩，但其態度
之謹嚴、心力之投注不若江西諸人；才華之洋溢、學力之富瞻，
前不及蘇黃、後不及四家，在繼承與開創的意義上，同期的呂本
中、陳與義，皆較優爲之；同時，李綱以功業爲重的創作心態，
亦影響其詩歌的表現與成就。但在詞的表現上，李綱以諫臣心態
爲之，擺落了詞家束縛，反而呈現出更大的影響及成就。在內容
上，他以歷史人物及戰爭場面爲題材，帶動了當代詞壇的風氣，
詞壇雙璧──元幹、孝祥集中此類創作，明顯地較前人爲多，因
此下開辛棄疾勃鬱壯烈的軍人才調。在風格上，詞人皆以婉約爲
長，豪放之能人，如東坡、孝祥，亦在豪放之外，別有柔婉之作；
李綱詞風，則完全以「豪」爲主，尚武精神、兵戰題材、英雄主
義，充之於絲竹管絃，賦予宋詞全面嶄新的時代意義；雖然他完
全「不當本色」，但對南宋豪放詞派的成長，相信有深厚的影響。

七、就其詩詞的呈現，吾人可以看到大時代的鮮明脈動，跳躍在他的
字裡行間。他的諷諭詩，呈現了民生疾苦的一面；生活瑣事、酬
酢詩，看出當代文人的生活風貌、想法及價值觀；在景、物、史
蹟詩裡，我們看到詩人的身世、國家的局勢；在詠史詞裡，我們
看到了時代風氣軟弱的一面、及正義呼號的另一種精神呈現。不
論是與社會風氣同質的詩、或異質的詞，李綱的作品，總是充滿
了鮮明的時代色彩；觀其內涵，挈家國大事爲其題材；觀其精神，
愛國許身的心志深厚雋永；觀其風格，豪放激烈、悲雄深切；他
的詩詞可說是澎湃漩渦中的時代產品。

八、就其詩詞的創作實踐，反觀其文藝思想，可見出在理論與實踐中，
李綱幾乎是言行合一的。他的作品根柢於純正無邪的仁義胸襟，
不作風花雪月的無痛呻吟，上者可以裨補教化、諫君警世，下者
可以怡情悅性，抒融胸中之冰炭。其理致條暢、雄健雅正，與儒
家溫柔敦厚的詩教頗能契合，亦與個人的生命理念、信仰相融相

蓄。藝術的創作，即使不能與世間的審美標準盡相符合，但是，只要能夠呈現自己、完成自己，就是至眞、至善、至美的成功表現，李綱正是如此。

參考書目

一、主要書目

1. 《梁谿先生全集一百八十卷》，宋・李綱著，漢華出版社，1969。

2. 《梁谿先生全集一百八十卷》，宋・李綱著，文淵閣四庫全書本。

3. 《李忠定文集四十四卷本（線裝）》，宋・李綱著，清乾隆二十七年崇本堂刊。

4. 《李忠定公別集三卷（線裝）》，宋・李綱著，明・鄭鄤評點，明・崇禎刊本。

5. 《李綱集二卷》，宋・李綱著，文淵閣四庫全書《宋元詩會》。

6. 《梁溪詞一卷》，宋・李綱著，（王鵬運《南宋四名臣詞》四印齋刻本）。

7. 《梁溪集一卷（《全宋詞》）》，宋・李綱著，世界書局。

8. 《靖康傳信錄》，宋・李綱著，（梁谿全集附錄）。

9. 《建炎進退志》，宋・李綱著，（梁谿全集附錄）。

10. 《建炎時政記》，宋・李綱著，（梁谿全集附錄）。

11. 《李忠定公年譜・行狀》，宋・李綱著，（梁谿全集附錄）。

12. 《李忠定公輔政本末》，宋・不著撰人，（明辨齋叢書第二集）。

13. 《李忠定公年譜》，清・楊希閔撰，十五家年譜本、四朝先賢元家年譜本。

14. 《李綱年譜長編》，民國・趙效宣撰，商務出版社。

二、相關書目

（一）述及李綱之書目

1. 《朱子大全》，宋‧朱熹撰，中華，1966。
2. 《宋史新編》，明‧柯維騏編，新文豐，1974。
3. 《南宋文範》，清‧莊仲方編，鼎文。
4. 《宋元學案》，清‧黃宗羲撰，全祖望補修，河洛，1975。
5. 《南宋名臣言行錄》，明‧尹直，（微卷資料）史圖，明刊本攝製。
6. 《宋史》，元‧脫脫，新文豐，1975年10月。
7. 《史質》，明‧王洙撰，大化，1977。
8. 《三朝北盟會編》，宋‧徐夢莘，大化，1979。
9. 《宋論》，清‧王夫之，洪氏，1981。
10. 《宋人軼事彙編》，丁傳靖，商務，1982。
11. 《歷代名人評傳》，戚宜君，希代，1984年8月。
12. 《歷代名臣傳》，清‧朱軾編，大陸‧岳麓出版社，1997年3月。
13. 《朱子語類》，宋‧朱熹撰，文津，1986。
14. 《中國歷代名將》，陳梧桐，蘇雙碧主編，大陸‧河南人民出版社，1983年6月。
15. 《咸淳毗陵志》，宋‧史能之纂，清嘉慶二十五年重刻本。
16. 《兩宋名賢小集》，宋‧陳思編，元‧陳世隆補，文淵閣四庫全書本。
17. 《建炎以來繫年要錄》，宋‧李心傳，藝文百部叢書集成之八十六，藝文百部叢書集成。
18. 《浮溪集》，宋‧汪藻，四庫珍本輯。
19. 《苕溪集》，宋‧李心傳，文淵閣四庫全書本。
20. 《閩中理學淵源考》，清‧李清馥撰，文淵閣四庫全書本。

（二）專著

1. 《藝概》，清‧劉熙載，廣文，1927。
2. 《昭昧詹言》，清‧方東樹，廣文，1962。
3. 《宋代人物與風氣》，糕夢庵，三民‧人人文庫，1964。
4. 《歷代詠物詩選》，清‧俞琰，廣文，1968。
5. 《詩品》，齊‧鍾嶸，商務，1969。
6. 《圍爐詩話》，清‧吳喬，藝文印書館適園叢書本，1970。

7.《宋詩紀事》，清・厲鶚輯，中華，1971。

8.《莊子集解》，清・王先謙，廣文，1972 年 9 月。

9.《滄浪詩話校釋》，宋・嚴羽撰，民國・郭紹虞校釋，正生，1973 年 3 月。

10.《詩藪》，明・胡應麟，廣文，1973 年 9 月。

11.《石林詩話》，宋・葉夢得，新興，1975。

12.《說文解字注》，清・段玉裁，藝文，1976 年 10 月。

13.《宋明理學（南宋篇）》，蔡仁厚，學生，1980。

14.《文法律梁》，清・宋文蔚，復文，1980。

15.《曝書亭集》，清・朱彝尊，商務，1983。

16.《四庫全書總目提要》，清・紀昀，商務，1983。

17.《文心雕龍注》，王更生，文史哲，1985。

18.《宋代理學與佛學之探討》，熊琬，文津，1985。

19.《韓昌黎文集校注》，馬通伯校注，華正，1986 年 11 月。

20.《陶淵明集校箋》，楊勇著，正文，1987 年 1 月。

21.《敦煌歌辭總編》，任半塘，上海古籍出版社，1987 年 12 月。

22.《蘇東坡新傳上、下冊》，李一冰，聯經，1990 年 3 月。

23.《陶淵明》，廖仲安，國文天地，1992 年 9 月。

24.《論語註疏》，魏・何晏註，刑昺疏，藝文印書館十三經註疏本。

25.《太平御覽》，宋・李昉，文淵閣四庫全書本。

26.《後村大全集》，宋・劉克莊，商務印書館四部叢刊本。

27.《懷麓堂詩話》，明・李東陽，木鐸（歷代詩話續編本）。

28.《說苑》，漢・劉向，商務印書館四部叢刊本。

29.《世說新語》，南朝宋・劉義慶，商務印書館四部叢刊本。

（三）文藝理論專著

1.《修辭學發凡》，陳望道，大光，1964。

2.《詩詞散論》，繆鉞，開明，1979 年 3 月。

3.《文心雕龍札記》，黃季剛，文史哲，1979。

4.《中國文學欣賞全集（詩篇十五第十六冊）》，姜濤主編，莊嚴，1983 年 5 月。

5.《中國文學批評》，張健，五南，1984 年 9 月。

6.《字句鍛鍊法》，黃永武，洪範，1986 年 2 月。

7.《中國文學批評》，方孝岳，新華，1986 年 12 月。

8.《中國古典文學批評論集》，楊松年，三聯書局香港分店，1987。

9.《中國文學發達史》，劉大杰，華正，1987 年 7 月。

10.《談美》，朱光潛，康橋，1988 年 1 月。

11.《談藝錄》，錢鍾書，書林，1988 年 11 月。

12.《古典文藝美學叢論》，張少康，淑馨，1989 年 11 月。

13.《心靈現實的藝術透視》，韓經太，現代，1990 年 2 月。

14.《談文學》，朱光潛，國文天地，1990 年 2 月。

15.《詩詞曲格律與欣賞》，藍少戌，陳振寰，大陸・上海古籍出版社，
1990 年 6 月。

16.《文學與社會》，中國古典文學研究會主編，學生，1990 年 10 月。

17.《修辭學》，黃慶萱，三民，1990 年 12 月。

18.《詩話和詞話》，張葆全，國文天地，1991 年 2 月。

19.《中國文化批評史》，王運熙，顧易生，五南，1991 年 11 月。

20.《王國維及其文學批評》，葉嘉瑩，桂冠，1992 年 4 月。

21.《中國藝術精神》，徐復觀，學生，1992 年 7 月。

22.《宋代的隱士與文學》，劉文剛著，大陸・四川大學出版社，1992 年
10 月。

23.《顧羨季先生詩詞講記》，葉嘉瑩筆記，桂冠，1992 年 11 月。

24.《文藝心理學》，朱光潛，開明，1993 年 2 月。

25.《兩宋文學史》，程千帆，吳新雷，麗文，1993 年 10 月。

26.《集句詩研究》，裴普賢，學生，1975 年 11 月。

27.《中國詩學縱橫論》，黃維樑，洪範，1977。

28.《唐詩散論》，葉慶炳，洪範，1977。

29.《六朝詩論》，洪順隆，文津，1978。

30.《近體詩概說》，張夢機，中華，1978 年 10 月。

31.《中國詩歌美學》，蕭馳，大陸・北京大學出版社，1980 年 11 月。

32.《宋詩派別論》，梁昆，東昇，1980 年 5 月。

33.《詩境淺說》，俞陛雲，開明，1982 年 3 月。

34.《古詩發微》，袁璞，文津，1982 年 5 月。

35.《詩言志辨》，朱自清，開明，1982 年 6 月。

36.《詩論》,朱光潛,漢京,1982 年 12 月。

37.《古典詩文論叢》,顏崑陽,漢光,1983。

38.《中國詩學(設計篇、思想篇、考據篇、鑑賞篇)》,黃永武,巨流,1983。

39.《宋詩話考》,郭紹虞,漢京,1983 年 1 月。

40.《分體詩選(附:學詩淺說)》,孫克寬,學生,1983 年 10 月。

41.《迦陵談詩二集》,葉嘉瑩,東大,1985 年 2 月。

42.《唐詩三百首詳析》,喻守貞編,中華,1987 年 2 月。

43.《唐絕句史》,周嘯天,大陸・重慶出版社,1987 年 5 月。

44.《中國八大詩人》,蔡義忠,漢威,1987 年 7 月。

45.《唐詩風格美學新探》,王居明,大陸・中國文聯出版社,1987 年 10 月。

46.《詩學析論》,張春榮,東大,1987 年 11 月。

47.《詩與美》,黃永武,洪範,1987 年 12 月。

48.《詩歌形態美學》,盛子潮,朱水涌著,大陸・廈門大學出版社,1987 年 12 月。

49.《中國山水詩研究》,王國瓔,聯經,1988 年 4 月。

50.《宋詩論文選輯(一)(二)(三)》,黃永武,張高評編著,高雄・復文,1988 年 5 月。

51.《唐宋詩舉要》,高步瀛選註,宏業,1988 年 9 月。

52.《宋詩概說》,吉川幸次郎著,鄭清茂譯,宏業,1988 年 9 月。

53.《談詩錄》,方祖燊,東大,1989。

54.《柳宗元詩研究》,何師淑貞,福記,1989 年 4 月。

55.《中國詩歌藝術研究》,袁行霈,五南,1989 年 5 月。

56.《宋詩之傳承與開拓》,張高評,文史哲,1990 年 2 月。

57.《詩美學》,李元洛,東大,1990 年 2 月。

58.《中國詩歌美學概論》,覃召文,大陸・花城出版社,1990 年 2 月。

59.《讀詩常識》,吳文蜀,國文天地,1990 年 3 月。

60.《南宋詩人論》,胡明,學生,1990 年 6 月。

61.《唐詩廣角鏡》,劉逸生,大鴻,1991 年 1 月。

62.《中國古典詩歌叢話》,陳祥耀,華正,1991 年 3 月。

63.《中國古典詩歌評論集》,葉嘉瑩,桂冠,1991 年 7 月。

64. 《詩學、詩觀、詩美》，陳良運，大陸·江西高校出版社，1992 年 2 月。

65. 《宋詩史》，許總，大陸·重慶出版社，1992 年 3 月。

66. 《中國詩學體系論》，陳良運，大陸·中國社會科學出版社，1992 年 7 月。

67. 《宋詩別裁集》，清·張景星等編選，大陸·上海古籍出版社，1992 年 7 月。

68. 《唐詩》，詹瑛，國文天地，1992 年 7 月。

69. 《詩史本色與妙悟》，龔鵬程，學生，1993 年 2 月。

70. 《宋詩綜論叢編》，張高評編，麗文，1993 年 10 月。

71. 《詞曲》，蔣伯潛，世界，1975。

72. 《讀詞偶得》，劉甫琴發行，開明，1979。

73. 《中國詞曲史》，王易，洪氏，1981 年 1 月。

74. 《詞律探原》，張夢機，文史哲，1981 年 11 月。

75. 《宋詞通論》，薛礪若，開明，1982 年 4 月。

76. 《詞學新詮》，弓英德，商務，1982 年 9 月。

77. 《人間詞話》，王國維，大夏，1983 年 4 月。

78. 《唐宋詞簡釋》，唐圭璋選釋，宏業，1983 年 4 月。

79. 《宋南渡詞人》，黃文吉，學生，1985 年 5 月。

80. 《苕華詞與人間詞話述評》，王宗樂，東大，1986 年 8 月。

81. 《唐宋詞格律》，龍沐勛，里仁，1986 年 12 月。

82. 《唐宋詞的風格學》，楊海明，木鐸，1987 年 6 月。

83. 《唐宋詞史》，楊海明，江蘇·古籍出版社，1987 年 12 月。

84. 《詞話叢編》，唐圭璋編，新文豐，1988 年 2 月。

85. 《碧雞漫志》，宋·王灼。

86. 《詞源》，宋·張炎。

87. 《樂府指迷》，宋·沈義父。

88. 《詞論》，清·張祥齡。

89. 《詞徵》，清·張德瀛。

90. 《詞綜偶評》，清·許昂霄。

91. 《詞苑萃編》，清·馮金伯。

92. 《聽秋聲館詞話》，清·丁紹儀。

93.《歷代詞話》，清‧王奕清等。

94.《論詞隨筆》，清‧沈祥龍。

95.《詞選、續詞選》，鄭騫編注，台北‧中國文化大學出版部，1988年3月。

96.《宋詞研究之路》，劉揚忠著，大陸‧天津教育出版社，1989年7月。

97.《中國詞學的現代觀》，葉嘉瑩，大安，1989年9月。

98.《靈谿詞說》，繆鉞、葉嘉瑩，國文天地，1989年12月。

99.《讀詞常識》，陳振寰，國文天地，1990年3月。

100.《東坡樂府箋》，龍榆生校箋，華正，1990年3月。

101.《唐宋詞選注》，張夢機，張師子良編著，華正，1990年4月。

102.《宋詞蒙太奇》，劉逸生，大鴻，1991年1月。

103.《宋詞》，周篤文，國文天地，1991年4月。

104.《日本學者中國詞學論文集》，王水照編選，保劉佳昭，大陸‧上海古籍出版社，1991年5月。

105.《詞筌》，余毅恆，正中，1991年10月。

106.《詞學古今談》，繆鉞、葉嘉瑩，國文天地，1992。

107.《宋南渡詞人群體研究》，王兆鵬，文津，1992年3月。

108.《宋詞概論》，謝桃枋，大陸‧四川文藝出版社，1992年8月。

109.《南宋詞史》，陶爾夫，劉敬圻，大陸‧黑龍江人民出版社，1992年12月。

110.《詞學研究書目》，黃文吉主編，文津，1993年4月。

三、期刊論文

1.《由宋史李綱傳論信史之難》，趙鐵寒，大陸雜誌第八卷第十一期，1954年6月。

2.《論李綱》，李涵，江漢學報第五期，1963。

3.《對評價歷史人物的一些想法》，敬賢，江漢學報第七期，1963。

4.《評價歷史人物應有哪一些「想法」》，王瑞明，江漢學報第十期，1993。

5.《究竟應該怎樣評價李綱——與王瑞明先生商榷》，李涵，江漢學報第十期，1963。

6.《李綱與農民起義》，洪流，江漢學報第十一期，1963。

7.《兩宋之際的抗金鬥爭與李綱——王瑞明〈評價歷史人物應有哪一

些想法〉讀後》，洪流，江漢學報第十一期，1963。

8. 《中央民族學院分院歷史系座談對李綱評價問題》，竺培昇、呂各中整理，江漢學報第十一期，1963。

9. 《關於李綱的「得民心」和對農民起義的態度》，熊鐵基，江漢學報第十二期，1963。

10. 《如何看待李綱對待農民起義的非暴力手段和抗金鬥爭》，舒之梅，江漢學報第十二期，1963。

11. 《岳武穆與李綱》，李安，中國憲政第四卷第七期，1969 年 3 月。

12. 《李綱評傳》，吳吟世，福建文獻第六期，1969 年 6 月。

13. 《李綱與宗澤》，糕夢庵，中國世紀一五二期，1970 年 2 月。

14. 《忠貫金石的李綱》，景唐，生力月刊第六卷第六十七～六十九期，1973 年 4 月～6 月。

15. 《宋朝賢相李綱》，李宗黃，中國地方自治第廿六卷第二期，1973 年 6 月。

16. 《抗金雙傑──李綱和宗澤》，施宣綸，文史知識第廿二期，1983 年 4 月。

17. 《宋代愛國名臣李綱（附畫像）》，楊秉圖，福建論壇第十三期，1983 年 4 月。

18. 《李綱的鄉里、出生地考》，何聖庠、博喚民，福建論壇，1986 年第二期。

19. 《李綱思想研究》，王煌，中國文化月刊，1987 年 10 月。

20. 《談復宋運動的李綱、宗澤》，醒獅月刊第十卷第十一期，1972。

21. 《李綱的詠史詞》，唐圭璋，江海學刊，1961 年第二期。

22. 《搴旗拓路手、繼往開來人──論李綱與豪放詞派》，張高寬，遼寧師範大學學報（社科版），1988 年第五期。

23. 《宋代詩歌的藝術特點和教訓（唐宋文學論集）》，王水照，齊魯書社出版，1984 年 7 月第一版。

24. 《宋代美學思想的特徵初探》，張天曦，山西師大學報（社科派），1988 年第四期。

25. 《論宋詩》，霍松林，鄭小軍著，文史哲，1989 年第二期。

26. 《關於宋代文化的評價問題》，楊明照，四川大學出版社出版發行（國際宋代文化研討會論文集），1991 年 10 月第一版。

27. 《宋人「詩莊詞媚」觀念平議》，房開江，貴州大學學報，1992 年第一期。

28.《論理趣──中國古代哲理詩的審美特徵》，陳文忠，文藝研究，1992年第三期。

29.《論古代哲理詩的智慧形態》，陳文忠，文學評論，1992年第四期。

30.《對理趣與老境美的追求──宋文化成熟時期文學思想的特徵》，張毅，南開學報，1992年第五期。

31.《宋代疑古主義與文學批評》，祝振玉，文學評論，1992年第五期。

32.《詩人以詩爲史，後人以史說詩──關於「初期會盟津，乃心在咸陽」詩句的商榷》，曾慶開，許昌師專學報（社科版），1993年第一期。

33.《論詩學對宋代詞學的影響》，張惠民，學術研究，1993年第二期。

34.《宋詩與宋學》，韓經太，文學遺產，1993年第四期。

35.《朱熹的詩論》，黃景進，中研院文哲所（國際朱子學會議論文集），1993年5月。

36.《寓理於景各有千秋──蘇軾陸游山水哲理詩對比》，高忠新，殷都學刊，1993年第二期。

37.《兩宋詞風轉變論》，龍沐勛，詞學季刊第二卷第一號，1935。

38.《今日學詞應取之途徑》，龍沐勛，詞學季刊第二卷第二號，1935。

39.《北史懷古詞小考》，韓國・車柱環（漢城大學），中央研究院國際漢學會議論文集，1981年10月。

40.《宋代邊塞詞思考》，陳德，中國古代近代文學研究，1992年第二期。

41.《蘇軾「以詩爲詞」內因說──兼論蘇辛之別的一個問題》，劉石撰，文史哲學報。

42.《簡論辛棄疾詞的軍事文學特徵和意義》，祝振玉，上海師範大學學報，1992年第六期。

43.《南史詞學的東坡論》，張惠民，武漢大學學報，1993年第三期。